LE VERGER

Histoires Sélectionnées

Ira Sumner Simmonds

ISS Publishing
Brooklyn, NY

Reconnaissance

Merci à ma femme, ma famille et à tous ceux qui m'ont soutenu dans mes efforts d'écriture.

Ira Sumner Simmonds
ISS Publishing
31 Grace Court
Brooklyn, NY 11201
url: https://authorirasimmonds.com/
email: ira@irasimmonds.com

Conception de la couverture et dessins par Boryana Stambolieva
Ordering information:

Disponible en format livre électronique et en impression à la demande sur Amazon.com, Amazon.fr
Le Verger – Histoires Sélectionnées

EBook: 978-1-966131-94-6
Paperback: 978-1-968165-01-7
Hardcover: 978-1-968165-02-4

NOTE DE L'AUTEUR

Bien que mon premier livre, ***DE LA SIBÉRIE À SAINT KITTS : Le parcours d'une enseignante*** ait été publié en anglais en mars 2018, mes premiers efforts d'écriture ont commencé vingt-huit ans plus tôt, en 1991, l'année où on a diagnostiqué pour la première fois à ma mère une maladie d'Alzheimer précoce.

Si nous avons de la chance, nous vivons pour voir nos parents vieillir avec peu ou pas de dégradation dans leurs capacités cognitives et physiques. Si je devais tenter une hypothèse, je dirais que la plupart d'entre nous ne sont pas entièrement préparés face aux défis médicaux, émotionnels et psychologiques qui affligent nos parents âgés.

En essayant de comprendre la physiologie qui changeait la personnalité de ma mère, j'ai découvert par hasard les pouvoirs thérapeutiques de l'écriture. Il est encore difficile de savoir quelles forces précises m'ont poussé à mettre le stylo sur papier. Peut-être mon inconscient a-t-il reconnu que c'était la meilleure façon pour moi de faire face à ma lutte pour comprendre la condition de Mère. Bref, écrire sur la maladie de Mère, mettre beaucoup de mots sur papier, les mélanger jusqu'à ce qu'ils aient un sens était non seulement pour moi une forme de thérapie, mais cela m'a aussi donné la joie d'écrire.

Ce livre est une compilation de vraies histoires courtes basées sur des événements réels écrits au cours des vingt-neuf dernières années. Afin de préserver leur anonymat, des pseudonymes ont été utilisés pour les noms de toutes les personnes mentionnées dans cette anthologie.

Table des matières

Merci maman pour toutes tes bénédictions

La vraie connaissance c'est connaitre l'étendue de son ignorance.

-    Confucius

Le verger

Il y a environ dix ans, Paul a fait un rêve. Un grand rêve. Il construirait sa maison de rêve à *Valley Views*, une belle région pittoresque au pied du mont *Olivees*. Stratégiquement placée sur le flanc d'une colline en pente douce, sa maison de rêve commandait des vues panoramiques pittoresques des vallées environnantes. Les vallées verdoyantes et les collines ondulantes suggèrent une fertilité des sols inégalée dans toute autre partie de la belle île caribéenne de Saint-Kitts. Lorsque vos yeux voyagent tranquillement du sommet du mont *Olivees* en bas à travers les contreforts et les vallées, les teintes verdoyantes, du vert de la forêt tropicale à tout ce qui se trouve entre les deux, parlent avec éloquence d'une terre abondante.

Un des aspects importants du rêve de Paul était d'avoir un verger d'arbres fruitiers. Beaucoup de sortes différentes d'arbres fruitiers. Il y aurait plusieurs variétés de mangues - greffées, à ventre plein, joues roses, Nevis - ainsi que des pommes sucreuses, des pommes à la crème, des goyaves, des corossols, des fruits de la passion, des papayes, des bananes et des noix de coco.

En utilisant ses incroyables compétences multi dimensionnelles en tant que constructeur, Paul a transformé son rêve en réalité au cours de quelques années. Au fil des ans, les nombreux arbres plantés dans son verger ont mûri et ont rapidement commencé à porter leurs fruits. Par conséquent, ses choix de fruits au petit-déjeuner ont augmenté de façon exponentielle avec le temps. Et maintenant, cinq ans après avoir planté son premier arbre, lui et son clan vivent dans une sorte de paradis fruité, profitant d'un éventail délicieux de délices juteux, pulpeux et sucrés qui lui a fait l'envie de cette terre. Une terre si riche et productive que les peuples autochtones de l'époque la nommaient *Liamigua*, ou terre fertile.

Récemment, il y a eu des troubles au paradis. Les choses ne se sont pas déroulées en réalité comme dans le rêve de Paul. Oh, le verger se porte bien merci, les arbres fleurissent dans un environnement parfait de sol riche et d'abondantes précipitations. Quant au fruit, il devient de plus en plus juteux et succulent avec chaque année qui passe.

Pour Paul, *Valley Views* est un endroit idyllique. C'est calme, paisible et loin de la foule folle. Un endroit où l'on peut voir, entendre et apprécier une grande variété de faune - faucons à queue rouge, hérons du bétail, moineaux, martinets, pigeons des

Antilles, tourterelles des Antilles, girelles des Antilles, vervets des Antilles, tourterelles des Antilles, les singes, les lézards, pour n'en nommer que quelques-uns. La vue et les sons de ces animaux, accompagnés du meuglement occasionnel des bovins domestiques, des chèvres et des moutons qui paissent sur les pentes herbeuses, donnent aux visiteurs de *Valley Views* le sentiment qu'ils sont vraiment dans un endroit spécial.

Malgré son cadre idyllique, il y a effectivement des problèmes au paradis. En termes simples, Paul a un problème. Un problème de singe. Saint-Kitts est riche en singes et on dit que leur nombre dépasse de loin celui de la population humaine. On dit que les singes vervets sont des descendants d'animaux de compagnie amenés à Saint-Kitts par les colons français dans les années 1600.

Les singes de *Valley Views* étaient très mignons lorsqu'ils ont commencé à fréquenter le verger de Paul, mais leur quotient de douceur chutait plus vite que les actions de Wall Street le jeudi noir dès que le verger commençait à produire des fruits mûrs. Et avant que Paul puisse dire : *Eh bien, je serai l'oncle d'un singe*, il a subitement reconnu l'ampleur de son dilemme. Paul n'avait pas seulement le singe proverbial sur son dos. Il avait toute une troupe de singes dans sa cour - dévorant ses délicieuses bananes, papayes, mangues et variétés diverse de pommes sucrées.

Quant aux singes, ils ne tardèrent pas à se rendre compte qu'eux aussi avaient un problème. Un problème de Paul. Ils ont toujours agi sous l'hypothèse simienne que le verger leur appartenait de droit, légué par leurs ancêtres à travers les anciennes lois du singe vervet. Comprenant l'importance de ces lois, et voulant toujours vivre en harmonie pacifique avec ces singes vervets, les premiers colons ont donné le nom de *Monkey Hill* à la région entourant *Valley Views*.

Malgré ces anciennes lois du singe vervet, une confrontation entre Paul et les singes semblait inévitable. Les singes voulaient, ou plutôt exigeaient un accès illimité au verger. Paul, d'autre part, était déterminé à leur refuser le libre accès à ses arbres fruitiers. Maintenant, Paul n'est pas du tout un gars déraisonnable. Il était d'accord en principe avec les termes vagues des lois de vervet. Cependant, le concept du partage a été totalement perdu chez les singes. Leur habitude de prendre une bouchée d'un fruit et de le jeter était particulièrement inacceptable.

Au grand chagrin de Paul, la guerre pour le contrôle du verger devint une longue guerre. Pendant des semaines, les singes sont venus, ont mangé à leur guise, jonchant le verger avec un assortiment de fruits à moitié mangés. Avec leur intelligence, leur agilité, leur rapidité et leur discrétion, ils possèdent un talent particulier pour savoir quand les fruits sont mûrs, semblant toujours arriver et se servir avant que Paul ou les oiseaux (invités à voix mélodieuse accueillis dans le verger) ne sachent ce qui se passe.

Inutile de dire que Paul n'était pas content. Les singes mettaient un sérieux coup de pied dans ses plans pour un petit déjeuner quotidien de fruits. Il était temps de mettre au point un plan d'action. Les singes, menés par un grand mâle alpha, devenaient de plus en plus audacieux. On pouvait maintenant les voir régulièrement grimper sur la véranda arrière et s'asseoir joyeusement sur la rambarde. Le mâle alpha, un grand spécimen menaçant, était quelque chose à voir. Grace a son tic nerveux Paul l'a appelé *Ticky*. Son spasme involontaire de la tête ne faisait qu'ajouter à son caractère déjà voyou. Paul se dit qu'il ne voudrait pas le rencontrer seul dans une ruelle sombre. Un guerrier intrépide, quelques fois on pouvait parfois le voir regarder dans la maison par les fenêtres arrière donnant sur le verger. C'était comme s'il était en train de repérer les lieux, un braqueur des forces spéciales recueillant des renseignements pour un grand complot de singe pour entrer dans la maison de Paul et voler (ou plutôt reprendre) tous les fruits que Paul avait illégalement obtenus de *leur* verger. Après tout, Paul n'a-t-il pas lu la clause spéciale de la loi sur les singes de vervet qui dit que les singes ont le droit exclusif à *tous* les fruits cultivés, produits, trouvés (ou transportés) dans un rayon de cinq milles autour de l'endroit appelé *Monkey Hill*? En recherchant les lois du vervet, Paul a découvert qu'il existait effectivement des telles lois. Cependant, contrairement aux affirmations des singes, Paul a découvert que les dispositions de ces lois ne couvraient pas **tous** les fruits qui étaient cultives ou produis dans la région. Seulement les bananes.

La situation étant devenue incontrôlable, Paul a été forcé de penser à des moyens de protéger ses biens contre ces bandits. Peut-être devrait-il électrifier la clôture du verger. Pas avec assez de tension pour électrocuter ces singes, mais juste assez pour leur donner un léger choc qui les dissuaderait de grimper la clôture. Pas une mauvaise idée, pensait Paul, mais qui, compte tenu de l'investissement nécessaire en matériaux et en temps, doit être mise de côté pour un plan qui pourrait être mis en œuvre immédiatement, avant que tout le fruit ait été volé. Il était tellement urgent de trouver une solution au problème des singes.

Peut-être qu'il pourra construire un piège et essayer d'attraper un singe, le garder en exposition dans le verger pendant quelques jours pour que d'autres singes puissent témoigner du sort des intrus. Ne pas avoir étudié les habitudes comportementales des singes vervets sauvages de Saint-Kitts, Paul ne pouvait pas vraiment prédire comment ils réagiraient à être piégés comme un moyen de dissuader les raids quotidiens sur son verger. Intuitivement, il savait qu'il avait affaire à des créatures très intelligentes. Il ne travaillait pas (même pour un instant) sous l'illusion qu'il aurait, de quelque manière que ce soit, le dessus dans une longue guerre contre les singes. Il savait, d'une certaine façon, que la tâche de débarrasser son verger des singes serait un défi de taille. Ils étaient beaucoup trop intelligents, et ils avaient l'avantage crucial du temps. Ils peuvent simplement le déjouer. Ils savaient qu'il ne pouvait pas très bien garder son précieux verger tout le temps. Ils le savaient parce que, cachés dans les arbres voisins à l'extérieur de la clôture du verger, ils pouvaient voir Paul et son clan partir pour le travail et l'école tous les matins entre 7 h 30 et 8 h 30. Paul dans sa voiture blanc, sa femme et son fils dans une camionnette grise. De temps en temps, pour tenter de confondre les singes, Paul mettait son casque et partait au travail sur son scooter.

Paul a conclu, après avoir consulté ses amis et collègues qui ont vécu un large éventail d'expériences avec les singes, qu'un singe pris au piège dans son verger serait un moyen de dissuasion pour les autres membres de la troupe. On peut supposer qu'ils verraient un autre singe perdre sa liberté et décideraient, lors d'une réunion de la communauté des singes, que même si les bananes de Paul (ou leurs bananes, si vous êtes du côté des singes) étaient les plus succulentes sur l'île, le risque serait trop grand. Ils supprimeraient ensuite le verger de *Valley Views* de leur liste d'arrêts quotidiens pour l'alimentation. Plus Paul réfléchissait à l'idée d'attraper un singe, plus il appréciait les possibilités. Mais cela signifiait aussi qu'il devait trouver le temps de construire un piège.

Peut-être pourrait-il mettre à profit ses compétences de tir au champ récemment acquises, en utilisant les maraudeurs singes pour s'entraîner à tirer. Si seulement il pouvait les effrayer en leur faisant croire que son verger n'était pas un endroit sûr pour se nourrir. Un tir direct avec une de ses flèches de pratique les fera-t-il s'arrêter ? Il n'était pas sûr, mais après avoir réfléchi à cette idée pendant quelques jours, il a décidé que c'était une idée qui valait la peine d'être essayée.

Son opportunité lui est venue un samedi après-midi, quand de la fenêtre de la cuisine il a jeté un coup d'œil sur un singe qui se dirigeait vers la papaye. Il descendit rapidement, récupéra son arc et ses flèches et courut à l'étage vers sa salle de bain, la partie de la maison la plus proche de la papaye. Il devrait être capable de descendre au moins un bon coup à bout portant avec la papaye à moins de cinq pieds des fenêtres de la salle de bain. C'est tout ce dont il a besoin. Un bon coup. Essayant de ne pas être vu, Paul s'est aplatit contre le mur du côté droit de la fenêtre la plus proche. Même si les vitres légèrement teintées étaient fermées, il devait quand même être prudent, ne voulant pas effrayer le singe avec sa silhouette ombragée. Le son de son cœur qui battait retentit dans ses oreilles. Il y a eu un bruissement soudain de l'autre côté de la fenêtre. Paul est resté figé. Il se demandait si le vacarme de son cœur ne devait pas alerter sa proie du danger caché derrière le mur de la salle de bain. Toujours appuyé contre le mur, Paul commença à tourner, en super-ralenti, la manivelle de la fenêtre.

Après ce qui semblait une éternité, un manteau de fourrure vert grisâtre est lentement apparu, comme une photographie développée en chambre noire. C'était le mâle Alpha dans toute sa splendeur. Quelques tours de manivelle de plus et l'image était pleinement développée. *Ticky*, encadré dans un profil de papaye par l'ouverture oblongue de 2 po sur 15 po entre deux vitres. À cette distance, il était encore plus impressionnant. Il était si grand et en si bonne forme que Paul ne pouvait s'empêcher de l'admirer, heureux de le faire, cependant, à partir de la relative sécurité de sa salle de bain. Observant cette créature rusée plus attentivement, Paul s'émerveilla de la dextérité avec laquelle *Ticky* envoyait la papaye jaune rougeâtre tenue délicatement des deux mains.

Alors que Paul admirait *Ticky*, il pensé à une histoire de singe récemment racontée par un ami. Elle a affirmé qu'un jour elle avait décidé d'emmener ses trois jeunes enfants au Reggae Beach Bar & Grill dans le sud-est de la péninsule pour déjeuner. Quelques minutes après avoir tourné sur une route poussiéreuse, elle a vu une troupe de singes devant. Ralentissant à un crawl, elle s'est approchée de cinquante pieds de la troupe avant d'arriver à un point mort. La troupe n'avait pas cédé. Alors qu'elle essayait de décider quoi faire, le plus gros membre de la troupe (elle pensait que c'était peut-être le mâle alpha), a fait trois pas dans sa direction, s'est arrêté, s'est levé sur ses pattes arrière et, en déplaçant sa tête d'un côté à l'autre (comme pour évaluer le danger), a regardé la voiture. Elle jura qu'en utilisant ses pattes arrière pour s'élever, il était aussi grand qu'elle. Effrayée, elle a ordonné à ses enfants de rouler les vitres, a claqué la voiture en sens inverse et a conduit à la sécurité de la route goudronnée.

Mais ce n'était pas le moment de faire des flashbacks ou d'honorer ce beau bandit. Il était temps d'enseigner à *Ticky* et à son clan une leçon précieuse sur les dangers de l'intrusion. Réalisant soudain qu'il perdrait ce moment de leçon de singe s'il n'agissait pas rapidement, Paul saisit son arc. En un seul mouvement, il a placé la flèche d'aluminium sur le support de flèche, l'extrémité à plumes se blottissant contre la corde. Il doit agir rapidement et calmement. Le dos contre le mur, il tire sur la corde. Essayant de ne pas toucher la vitre, il a inséré la flèche en aluminium dans l'ouverture de deux pouces entre les vitres. La flèche tremblait légèrement, car la tension de la corde sur ses biceps, combinée au poing dans sa poitrine, rendait difficile de la maintenir. Ping ! La flèche a heurté le verre avant que Paul ne puisse viser. *Ticky*, toujours aussi alerte, tourna brusquement la tête. Paul a retenu son souffle, s'attendant à ce que *Ticky* disparaisse en un éclair. Au lieu de cela, et à la grande surprise de Paul, *Ticky* se tenait sur ses pattes arrière et se retourna pour regarder la fenêtre. Avec son visage noir plat, serti d'une frange de poils gris jaunâtre en forme de sablier et ses yeux marron clair qui dégageaient une confiance suprême, il était vraiment le maître de son domaine. Pendant une seconde ou deux, le temps s'est arrêté alors que Paul et *Ticky* (son tic nerveux maintenant disparu) se regardaient dans un silence glacé, chacun à sa manière surpris par l'autre. *Ticky*, par la vue surprenante et la proximité de Paul pointant un petit bâton sur lui, et Paul, par la position de confrontation sans peur de *Ticky*. Pourquoi le bâton ? Et pourquoi me le pointait-il vers moi ? *Ticky* semblait réfléchir. Paul, d'un autre côté, se demandait pourquoi *Ticky* ne s'était pas enfui immédiatement.

Avec des muscles endoloris Paul tire la corde de l'arc tout le chemin en arrière et relâche la flèche. *Ticky* a lâché un cri fort et est tombé de la papaye. Presque dès qu'il a touché le sol, trois membres de la troupe se sont rapidement mis à ses côtés. Aidé par ses trois compères, *Ticky* sauta sur la clôture avec la flèche coincée en lui.

Au cours des quatre semaines qui ont suivi, aucun singe ne devait être vu dans le verger. Était-ce la fin des raids ? Paul avait le sentiment que leur retour était seulement une question de temps.

Et ils sont revenus. Pas la troupe de *Ticky*, mais un nouveau groupe plus petit composé d'un grand mâle, une femelle mature avec un bébé nouveau-né et une femelle juvénile. Comment cette troupe (que Paul a nommé la troupe de *Kool* en l'honneur du comportement cool et indéfectible de la femelle mature) a-t-elle hérité d'un territoire si convoité et chargé de fruits ? Cette troupe de *Kool* a-t-elle simplement rempli le vide créé par la disparition de la troupe de *Ticky* ou l'acquisition de ce territoire était-elle le résultat de la victoire au combat du mâle alpha de la troupe de *Kool* ? Paul se demande ce qui est arrivé à la troupe de *Ticky*. Est-ce que *Ticky* était gravement blessé ? A-t-il été tué ? Est-ce qu'il a survécu à l'attaque et a décidé d'établir le territoire ailleurs où il était moins dangereux ? S'il est mort, qu'est-il arrivé aux autres membres de sa troupe ? Ont-ils rejoint une autre troupe ? Beaucoup de questions mais très peu de réponses. Paul aurait souhaité pouvoir consacrer du temps à l'étude de ces créatures fascinantes.

Il était maintenant temps de mettre en œuvre le prochain plan anti-intrusion des singes. Quelques jours plus tard, Paul était prêt à essayer sa cage de piège en bois et en treillis métallique de 5 pi x 4 pi x 6 po récemment construite. Le mécanisme qui a déclenché le piège était simple. Lorsqu'un singe entre dans la cage et tire sur le fruit, une ficelle attachée au leurre du fruit libère le ressort qui fait tomber la trappe de la cage. Le piège, armé de bananes mûres, était maintenant en place. Deux semaines sans incident se sont écoulées. Paul, pensant que le piège était trop près de la maison, décida de le déplacer aussi loin que possible de la maison, en le plaçant près de la clôture arrière dans la partie la plus éloignée du verger. Deux autres semaines sans incident se sont écoulées. Ce n'est pas que le verger était absent des singes. On pouvait les voir visiter le verger tous les matins. Mais comment ont-ils pu résister à la tentation des bananes jaunes qui donnent l'eau à la bouche dans la cage ? Facilement, il s'est avéré. Il ne fallut pas longtemps à Paul pour se rendre compte que les singes avaient des options. Il y avait aussi de délicieuses bananes mûres dans les bananiers. Et si on lui donne le choix entre grimper à un bananier ou entrer dans une cage en treillis métallique pour obtenir une banane, un singe sauvage choisira toujours l'option d'escalade. Mince, ces singes semblent toujours avoir une longueur d'avance sur moi, se dit Paul. Il a décidé de récolter les bananes mûres avant que les singes ne les atteignent.

Trois jours se sont écoulés et les bananes étaient encore dans la cage, intactes. Les bananes placées sur le sol à l'extérieur de la cage comme appât étaient une autre affaire. Chaque matin, les membres de la troupe *Kool* étaient assis près de la cage et dégustaient tranquillement un petit déjeuner de bananes. Trois jours de plus se sont écoulés ; pourtant les bananes dans la cage sont restées inchangées tandis que celles placées sur le sol devant la trappe de la cage continuaient à disparaître. Paul ne savait pas pourquoi ils n'entraient pas dans la cage. Soudain, il a été frappé. Retirer les bananes mûres des arbres et les placer sur le sol pour les inciter à entrer dans la cage n'était pas une stratégie viable parce que le concept d'incitation était probablement une autre de ces choses perdues sur les singes. Le singe voit la banane, le singe mange la banane - à condition bien sûr que la banane soit dans son milieu naturel, comme dans un arbre ou sur le sol. Non pas qu'ils ne vont pas entrer dans votre maison ou dans une cage pour y chercher une banane, mais ils le feraient certainement et parfois, mais seulement en dernier recours. Dans les moments difficiles où la nourriture est rare, un singe ferait des choses désespérées pour obtenir de la nourriture. Pour l'instant, il n'était pas nécessaire d'entrer dans la cage en treillis métallique avec le plancher de planche parce que le verger de *Valley Views* offrait une variété de fruits. Vous pourriez les ramasser d'un arbre ou, grâce à Paul, vous pourriez les ramasser du sol.

Paul a été impressionné par la remarquable retenue de ces singes. Pendant ce temps, le coût en bananes de la tentative d'attraper un singe continuait à augmenter alors que la troupe de *Kool* devenait rapidement les meilleurs singes nourris de Saint-Kitts. Paul se demandait si en nourrissant ces singes, il ne venait pas à exacerber son problème. Faisait-il en fait de la publicité auprès de la communauté des singes pour dire que le verger de *Valley Views* était l'endroit où les gens pouvaient obtenir des fruits gratuits ? Paul craignait que cela ne soit le résultat inévitable et non intentionnel de ses efforts pour attraper un singe. Bien qu'il ne l'admette probablement pas, sa frustration de ne pas pouvoir en attraper un se développait lentement. Pour aggraver les choses, il y a deux jours, sa femme a insinué que des fruits qu'elle avait récemment achetés au marché avaient mystérieusement disparu, utilisés, elle en est certaine, dans l'entreprise de capture de singes de Paul. Ne voulant pas s'incriminer, Paul refusa de répondre à son accusation voilée.

Changement de stratégie. Il était temps d'adopter une approche plus pragmatique. L'ère de la banane libre était terminée. Paul s'est assuré que les seules bananes mûres disponibles aux singes seraient celles de la cage attachée au mécanisme du piège. Quatre jours se sont écoulés et le bouquet de bananes dans la cage était encore intact. Le cinquième jour, toutes les bananes ont disparu. Comment a-t-on pu retirer les bananes du bouquet sans activer la trappe ? Il n'y avait qu'une seule façon de résoudre ce mystère. Prenant une page du livre de la zoologiste Jane Goodall,

Paul a décidé de trouver un peu de temps dans son emploi du temps chargé pour simplement s'asseoir et observer la troupe de *Kool*. Le lendemain, il descendit à son antre à 6 h 45, éteignit les lumières et s'assit à la fenêtre qui lui offrait une vue dégagée sur la cage baigneuse de bananes, stratégiquement placée près de la clôture à l'extrémité du verger. De son siège, il avait une bonne vue sur les grands arbres qui bordaient la clôture éloignée du verger. Les branches de ces arbres agissent comme une sorte d'autoroute des singes. Paul peut généralement dire quand une troupe approche par la façon dont les branches ondulent. Un peu comme la vague humaine que vous voyez au stade des Yankees lorsque les fans essaient de rallier l'équipe, ou comme les vagues qui avancent de l'océan Atlantique voisin lors d'une journée orageuse.

À 7 h 06, le mouvement rythmique des branches a signalé l'arrivée de la troupe. Une minute plus tard un singe marchait dans le verger vers la cage. Sans hésiter, il est entré la cage et a pris une banane du bouquet. Il a immédiatement quitté de la cage, s'est assis avec son dos contre un palmier et a commencé à peler et manger la banane. Paul était stupéfait. Il avait testé et retesté le mécanisme de déclenchement du piège au préalable et il fonctionnait parfaitement à chaque fois. Paul, un grand solveur de problèmes, regarda avec admiration cette créature rusée mangeuse de bananes, se déchirant le cerveau alors qu'il essayait de comprendre pourquoi le déverrouillage de la porte n'a pas réussi à s'activer. Pendant ce temps, le singe a fini la banane, s'est levé, a marché dans le piège une fois de plus, a pris une autre banane et est retourné à sa position de manger à côté du palmier. Paul a préparé ses jumelles. Si le singe revenait pour une troisième banane, il regarderait de près et comprendrait peut-être pourquoi la trappe n'a pas réussi à s'ouvrir deux fois. Lorsque le singe est retourné à la cage pour obtenir sa troisième banane, les jumelles étaient déjà concentrées, entraînées sur le bouquet de bananes. Comme auparavant, le singe est entré dans le piège, a pris une banane et est immédiatement sorti du piège. Tenant la banane non mangée dans sa main gauche, il a escaladé la clôture et a disparu dans les arbres.

Il a fallu quelques secondes à Paul pour assimiler pleinement ce qu'il venait de voir. Puis tout d'un coup, tout cela a pris son sens. Paul a conçu le piège de telle sorte que, lorsqu'il **tirait** une banane du troupeau, le singe exerçait suffisamment de tension sur la ligne de déclenchement pour libérer la trappe. Au lieu de tirer, le singe a simplement **tordu** la banane mûre du bouquet, exerçant peu ou pas de tension sur la ligne de déclenchement. Si Paul avait su que les singes sauvages tordaient plutôt qu'ils tiraient des bananes du troupeau, il aurait conçu le piège différemment. Paul se demandait combien de connaissances sur le comportement des singes il avait besoin avant qu'il ne devienne assez éclairé pour attraper un singe. Ce dernier intrus semblait être un mineur. Pourquoi les autres membres de la troupe ne sont-ils pas entrés dans le verger, choisissant plutôt d'attendre dans les arbres à l'extérieur de la clôture ? Ce jeune a-t-il été mis en danger parce qu'il était le membre de la troupe ayant le rang le plus bas et donc dispensable ? Paul aurait voulu en savoir plus sur ces créatures fascinantes, mais pour l'instant il lui fallait élaborer un nouveau plan.

La méthode la plus rapide et la plus simple serait d'observer le singe entrer dans la cage et de tirer manuellement la ficelle qui ferme la trappe. Et ainsi, après avoir fait des bêtises avec le mécanisme de déclenchement, les modifications au piège étaient en place. Paul se réveilla tôt le lendemain matin, prêt à attraper un singe. La veille, il avait attaché une très longue ficelle au déverrouillage de la trappe de la cage et l'avait étendue sur toute la longueur du verger à travers les arbres et dans la fenêtre de la salle de récréation en bas. D'ici il pourrait voir le singe entrer dans la cage et activer la trappe avec un remorqueur rapide de la corde.

Paul n'a pas eu à attendre longtemps avant que les branches ondulantes ne signalent l'arrivée de la troupe. Comme par magie, ils arrivaient maintenant tous les jours au verger entre 7 h et 7 h 20. Un singe (il semble que ce soit la femelle juvénile) se trouvait maintenant dans le verger, se balançant vers la cage. Saisissant la ficelle, Paul était prêt à attraper son premier singe. Dans la cage, elle est allée. Juste avant qu'elle atteigne les bananes positionnées à l'arrière de la cage, Paul tira du fil. En entendant le bruit de la trappe, elle s'arrêta, se retourna et marchait vers la porte fermée. Tendant la main droite, elle a touché la porte en bois, s'est retournée et est revenue aux bananes, s'est assise, a pris une banane, l'a pelée et a commencé à manger. Après avoir consommé la banane, elle s'est dirigée vers l'entrée de la cage, a touché la porte fermée une fois de plus avant de revenir pour consommer, assez tranquillement, deux bananes de plus.

La captivité est sans conséquence lorsqu'elle est prise avec un bouquet de délicieuses bananes mûres. Rassasiée, elle se leva et commença à étudier sérieusement la gravité de son dilemme. Passant d'une extrémité du piège à l'autre, elle a tâté les côtés de la cage pour trouver un moyen de s'en sortir. Ne trouvant pas de brèche, elle s'assit au milieu de la cage et regarda pensive autour d'elle comme si elle envisageait une stratégie pour se libérer. Paul a pensé qu'elle était remarquablement calme pour un animal pris au piège et s'est demandé pourquoi elle n'était pas dans un état de panique. Attendait-elle d'être libérée par les membres de sa troupe ? Savaient-ils qu'elle était piégée ? Pourquoi ne criait-elle pas ?

Les singes ont une variété de vocalisations, chacune avec sa propre signification unique, mais ce singe n'avait pas émis un seul son depuis que la trappe est tombée. Et même si Paul ne pouvait ni voir ni entendre aucun autre membre de la troupe, il soupçonnait qu'ils se cachaient tranquillement et observaient le drame des arbres au-delà de la clôture du verger. Curieux de voir sa réaction quand on l'a approchée, Paul est sorti de la maison et s'est promené vers le singe en cage. Dès qu'elle a vu Paul, elle a immédiatement essayé de fuir et s'est précipitée dans le grillage. Paul s'approcha et, pour la première fois, elle commença à émettre des cris aigus. Les membres de la troupe dans les arbres réagirent immédiatement. Soudain, Paul les a vus sauter sur les branches extérieures. Ils ont bientôt hurlé et se sont jetés sur lui d'en haut. Sentant qu'à tout moment ils pourraient sauter des branches dans le verger pour l'attaquer, Paul a ramassé un bâton du sol, juste au cas où. Les cris se sont arrêtés lorsque Paul s'est retiré à la maison. Paul a nourri et observé la femelle juvénile pendant deux jours. Pendant ce temps, aucun autre singe n'est entré dans le verger, mais chaque fois qu'il s'approchait de la cage, ils apparaissaient instantanément, hurlant et hurlant des arbres à l'extérieur de la clôture. Paul a été vraiment impressionné par la démonstration de loyauté de la troupe *Kool* envers le jeune pris au piège. Leur refus d'abandonner un membre de leur famille pris au piège a beaucoup parlé pour leur sens de la famille et de la communauté.

Le drame du jeune pris au piège dissuaderait-il les autres singes de s'attaquer à ses arbres fruitiers ? La réponse ? Un NON emphatique. Le lendemain de la libération du jeune, ils étaient de retour à la recherche de fruits. Paul a immédiatement mis un autre bouquet de bananes mûres dans le piège pour voir quelles leçons ils avaient appris. Éviteraient-ils maintenant la cage à tout prix ? Les singes doivent avoir une mémoire très courte. Soit cela, soit de délicieuses bananes mûres induisent chez les singes un état temporaire d'amnésie, car le lendemain Paul a attrapé la femelle mature avec son nourrisson accroché à sa poitrine. Elle entra dans la cage comme si c'était un lieu familier, s'assit et commença à manger des bananes. Elle ne s'est même pas penchée quand la trappe est tombée, découvrant qu'elle était piégée seulement après avoir mangé trois bananes et être prête à quitter la cage. La troupe faisait son l'aboiement habituel et criait à Paul des arbres à l'extérieur de la clôture tandis que la mère captive était aussi étonnamment apprivoisée qu'une créature sauvage piégée pourrait être. Elle tenait son bébé plus près de sa poitrine quand Paul s'approcha, la tournant en arrière comme pour le cacher, ou peut-être pour déjouer toute tentative d'enlèvement. Tout cela, elle l'a fait sans histrionique ni aucune manifestation visible de peur. Elle était si calme qu'elle a même pris des bananes et d'autres fruits de la main de Paul. Il était comme si elle se vouait instinctivement à être calme face au danger et, ce faisant, l'activation des phéromones maternelles-protectrices pour être absorbées par son bébé vulnérable comme une protection contre le stress. Paul a aimé son style et a été totalement impressionné par cette maman singe plutôt cool. Le lendemain, il l'a libéré.

Pendant les mois suivants, on n'a pas vu de singe dans le verger. Bien que Paul ne puisse être sûr que leur disparition soit liée à ses efforts, il était convaincu, d'une certaine manière, que tout ce cirque était enfin derrière lui. Il semblait, à première vue, très heureux de l'idée de ne plus jamais voir un autre singe dans son verger. Je soupçonne, cependant, que Paul manque secrètement les visites de ses frères simiens à son verger.

CHAPITRE 2

Jeremy

Personne n'a jamais expliqué comment j'ai obtenu mon nom. Je n'ai jamais essayé de le savoir parce que ce n'est pas important. Ce qui compte, c'est que j'ai eu une bonne vie.

Je m'appelle Jeremy et je suis un retriever de *Brooklyn Heights*. Pas besoin de se précipiter sur Google pour voir si existe une telle race de chien. Il suffit de dire que vous ne le trouverez pas sur la liste des races de chiens de *l'American Kennel Club*. De toute façon, quand quelqu'un demande à mes propriétaires au sujet de ma race, c'est ce qu'ils disent. J'aime beaucoup mes parents adoptifs et je ne pense pas qu'ils mentiraient sur quelque chose d'aussi important.

Je n'ai jamais vraiment connu mes parents biologiques, mais on m'a dit que je suis né à la faculté de médecine de SUNY en 1963. Quelqu'un a eu l'idée brillante de tenter de découvrir si une chienne peut avoir des chiots sains après avoir subi à l'ablation de son utérus. Je ne vais pas vous ennuyer avec les détails. La réponse est oui. Ma mère a donné naissance à une portée de chiots en bonne santé. À l'âge de huit semaines j'ai été adoptée par le Dr. Francis et sa famille qui vivent à *Brooklyn Heights*.

Au fil des ans, j'ai entendu dire que je n'étais qu'un cabot. Je suis très fière de ce surnom parce que le Dr. Francis et sa famille sont très bien informés, et ils racontent constamment des histoires sur mes compétences canines. Je les aime beaucoup. Dans leur maison, ils me traitent comme une reine.

Fait intéressant, le Dr. Francis aime dire qu'un homme ne doit jamais être un esclave de son chien. Je l'entends dire cela constamment à sa femme et à ses filles, et à quiconque se soucie d'écouter. Mais bien que le Dr. Francis pense que je suis intelligente, le fait est que je ne suis pas assez intelligente pour savoir exactement ce que signifie cette expression. Je suis juste une chienne après tout. Une chose que je sais, c'est que j'aime mâcher des os. Oui en effet, j'aime les os. Pas n'importe quel type d'os, je passe souvent des heures, des jours ou parfois des semaines à essayer de retirer la moelle osseuse d'un os d'agneau. Dr. Francis, ne voulant pas me voir me battre avec mes os, finit généralement par disloquer la moelle savoureuse pour moi avec une brochette.

J'aime aussi le raisin. Mon Dieu, j'adore le raisin ! Une chose étrange pour un chien, pourrait-on dire. Mais oui, je suis une chienne qui aime le raisin. Manger du raisin pose cependant un problème. Sans échec, la peau ne manque jamais de se coincer quelque part dans ma bouche. Parfois, la vie est si difficile pour nous les chiens. Me regarder essayer de déloger la peau de raisin coincé entre mes dents n'est pas une jolie vue. Le Dr. Francis est le meilleur propriétaire qu'un chien puisse avoir. Il a récemment commencé à peler et dénoyauter mes raisins pour moi. Il dit que c'est trop douloureux de regarder les contorsions convulsives de mes lèvres, ma langue, mes joues et mon visage. Vous les humains, bénis de vos pouces apposables, vous avez la vie si facile. Je pourrais continuer avec d'autres exemples de Dr. Francis ne pas être un esclave à son chien, mais je pense que vous comprenez.

Je ne me souviens pas vraiment de mes premiers jours d'adoption avec la famille Francis. Cela est compréhensible, étant donné que je n'avais que huit semaines quand je suis arrivée chez lui. Il dit à ses amis que m'apprendre à ne pas faire caca dans la maison était facile. Aujourd'hui encore, je reçois des félicitations pour ma maîtrise précoce de l'art de ne pas faire pipi et caca sur les tapis. Le Dr. Francis et sa famille racontent encore des histoires sur la rapidité avec laquelle j'ai appris que le seul endroit approprié pour faire mes affaires est à l'extérieur. Et pas juste n'importe où dehors. J'ai été formé pour faire caca, non pas sur le trottoir mais dans la gouttière. Pour des raisons qui dépassent mon entendement, les humains n'aiment pas être accueillis avec la vue et l'odeur de pisse et de caca de chien en sortant ou en entrant dans leur maison. C'est l'une des différences majeures entre nous, les chiens et les humains. On peut faire caca n'importe où. Ne vous méprenez pas, je ne me plains pas du fait que ma famille humaine puisse s'occuper de ses affaires à l'intérieur de la maison alors que je suis obligée de faire les miennes dehors. Au contraire, je suis plutôt contente de cet arrangement.

Pour une chose, il me donne la chance de m'étirer un peu les jambes. Je dis un peu car il n'y a pas vraiment beaucoup d'étirements de jambes que je peux faire en étant attaché à une laisse, mais c'est la vie d'un chien. Néanmoins, j'aime bien être dehors - non seulement parce que j'ai des affaires urgentes à régler, mais aussi parce que j'ai d'autres choses importantes à faire - Comme le business de couvrir l'odeur d'urine des autres chiens du quartier dont le but est de couvrir mes plus récentes marques de senteurs. Vous seriez surpris d'apprendre combien de chiens sont venus et ont pissé sur mes marques depuis la dernière fois que j'étais dehors il y a moins de vingt-quatre heures. Avec toutes ces marques à revoir, c'est un travail fastidieux et pas beaucoup de temps pour le faire. Pour une fois dans ma vie, j'aimerais pouvoir les couvrir tous.

L'une de mes activités préférées pendant l'été avec mes parents adoptifs est d'aller faire de la voile. Nous nous entasserions tous dans le wagon et le Dr. Francis nous conduirait au *Mirage Boat Club* à *Sheepshead Bay* où son voilier *Olokon* est amarré. Nous éprouverions tellement de plaisir à naviguer dans la baie, souvent en naviguant au-delà des plages de *Manhattan* et de *Coney Island*.

Ai-je mentionné que faire de la voile avec le Dr. Francis est un vrai plaisir ? Une chose plus étrange m'arrive chaque fois que je découvre que nous allons en voilier. Dès que je vois le Dr Francis

aller au sous-sol et commencer à sortir les accessoires de navigation, la flèche, le gouvernail, les lignes, etc., je deviens tout simplement fou d'excitation, me précipitant dans les escaliers, aboyant
partout dans la maison, sautant, tournant comme une chienne
folle. Je me transforme littéralement en chien de Pavlov, ma réponse conditionnée animée et frénétique déclenchée par la vue et
l'odeur du matériel de navigation. Avant même que nous montions
dans la voiture pour aller au club nautique, je pouvais sentir la merveilleuse sensation de l'air salé qui remplissait mes poumons alors
que je pointais mon nez vers le vent. J'ai été connu pour sauter par
la fenêtre de la voiture devant la marina et aller assis à l'extérieur de
la porte du club de bateau en attendant impatiemment jusqu'à ce
que le Dr. Francis revient de garer la voiture. Je suis tellement exci-
tée que je suis généralement le premier à sauter du quai au bateau
dériveur et le premier à sauter du bateau dériveur à *Olokon*. Je suis
aussi généralement le premier (en fait la seule) à vomir dès que *Olokon* quitte l'amarrage. J'ai un estomac sensible, que puis-je dire ?

Le premier jour de l'été dans notre ménage est habituellement celui de la fin juin ou du début juillet, lorsque le Dr Francis
amène le bateau de sa marina hivernale à *Mill Basin* au *Mirage Boat
Club de Sheepshead Bay*.

Naviguer avec le Dr. Francis et sa famille est toujours une
expérience. Une année, au début de la saison de navigation, une de
ses filles et moi l'accompagnions avec sa femme à Mill Basin pour

y faire descendre le bateau. Il faisait beau et ensoleillé. Pour reprendre les mots de M. Francis, « une belle journée pour la voile ». Je ne peux pas vraiment me qualifier de marin, mais j'adore naviguer avec le Dr. Francis. J'aime être sur l'océan autant que j'aime chasser les mouettes.

Comme d'habitude, dès que nous quittons l'amarrage je vide le contenu de mon estomac sur le plancher du cockpit. Je n'ai aucune idée de pourquoi cela m'est arrivé. Ne vous inquiétez pas. Ma famille, consciente de ma propension à vomir au début de chaque voyage en bateau, est toujours prête. En deux coups de queue, tout était.

Le Dr. Francis n'est pas seulement mon meilleur ami, il est aussi un grand marin, un grand capitaine et un homme qui dirige un navire serré. Il s'attend à ce que ses ordres soient exécutés tout de suite car dans la communauté nautique, il est important d'avoir une bonne apparence sur l'eau. Si l'équipage ne réagit pas rapidement le bateau pourrait être pris au piège. Malgré ma compréhension limitée de l'anglais, lorsque le Dr Francis aboie les commandes *lof tout* ; *lâché le foc* ; *coupe les voiles*, je me précipite habituellement pour aider, en trébuchant parfois un autre membre de l'équipage.

J'ai toujours été impressionnée par les compétences de navigation du Dr Francis. Étant une chienne, je ne peux jamais être certain que ma compréhension de la langue anglaise est exacte, mais je suis tout à fait sûre d'avoir entendu dire qu'il était officier dans la marine américaine pendant la Seconde Guerre mondiale.

Le Dr. Francis a pris la barre pendant que nous naviguions vers le sud depuis la marina de *l'East Horse Basin*, puis on a tiré vers l'est sous la promenade du Belt pour entrer dans Horse Basin. Une demi-heure plus tard, nous étions en direction du sud dans la baie de Jamaïque, en passant le champ Floyd Bennett et le centre du corps des marines U. S. sur la droite. La marée montait vite et c'était une course contre la montre pour atteindre le pont Marine Parkway, un pont vertical qui enjambe l'îlet *Rockaway*, reliant la péninsule *Rockaway* à la zone du parc marin de Brooklyn. Le Dr Francis a expliqué que nous perdrions beaucoup de temps pour arriver au club nautique à *Sheepshead Bay* si à notre arrivée au pont la marée était trop haute pour que nous puissions passer en-dessous. Il préférerait ne pas avoir à s'arrêter et attendre que le pont soit levé.

Lorsque nous sommes arrivés au pont, il a été décidé que la fenêtre d'opportunité pour passer sous était petite mais pas fermée. Le Dr Francis a fait sonner la corne d'air pour signaler que nous étions en train de traverser et l'opérateur du pont nous a fait signe de continuer. Comme nous naviguions sous le pont il y a eu un claquement et une secousse lorsque le haut du mât s'est coincé dans la grille métallique du pont.

Je ne peux pas parler pour les autres chiens, mais il est assez déconcertant de voir mon maître et d'autres membres de ma famille se désintégrer. C'est vrai ce qu'on dit de nous. Les chiens sentent la peur, en effet nous avons la capacité de discerner même le moindre des appréhensions des humains qui nous nourrissent, nous promènent et nous dorlotent. Tout le monde sur le bateau est devenu extrêmement silencieux en réalisant que le mât était coincé sous le pont. Tout le monde, c'est-à-dire, sauf moi. Je ne sais pas pourquoi mais ma réaction naturelle à de telles situations est de faire beaucoup de bruit. Les cris pour que je me taise m'ont seulement fait aboyer encore plus fort et devenir encore plus frénétique. Les aboiements bruyants et frénétiques aident habituellement dans ces circonstances difficiles.

Le gardien du pont, conscient que nous étions coincés sous le pont, avait la présence d'esprit de baisser rapidement les barreaux de circulation, arrêtant le trafic des trains et des véhicules dans les deux directions. Il a crié au Dr. Francis d'allumer le moteur hors-bord et qu'il va tenter de résoudre le problème en poussant simultanément le haut du mât vers le bas entre la grille métallique du pont. Lorsque cela n'a pas fonctionné, il a attaché une corde au sommet du mât et a demandé l'aide d'un bateau à moteur dans la région pour tirer le haut du mât vers le bas. Pendant tout ce temps, je courais de l'avant en arrière en aboyant aussi fort que possible. Les humains appellent ce genre de comportement fou. Plus le bateau était incliné et plus nous étions près d'être jetés par-dessus bord, plus j'aboyais frénétiquement. Après quelques minutes, le bateau incliné, avec son mât à un angle de presque quatre-vingt-dix degrés, s'est soudain détaché du pont et nous sommes sortis de l'autre côté. Le mouvement soudain du mât qui se balançait vers la verticale était si effrayant que je suis devenue complètement folle pendant quelques minutes avant de réaliser que nous n'étions plus coincés et que nous avions réussi à sortir en toute sécurité de sous le pont.

Le Dr. Francis s'est habilement changé la direction et a fait manœuvrer *Olokon* dans le vent alors que deux mouettes hurlantes s'élevaient au-dessus. Bientôt la grand-voile était enceinte d'une rafale de vent qui a balayé toutes les craintes de catastrophe à venir. Un virage droit de deux milles marins au nord-ouest et une heure plus tard nous sécurisions *Olokon* à son amarrage au *Mirage Boat Club*.

CHAPITRE 3

Sonate de l'arrière-cour

C'était l'une de ces journées d'été parfaites sur *Martha's Vineyard*. Le ciel était bleu et ensoleillé, avec des nuages cumulus doux et moelleux qui défilaient. La température était d'environ 80 degrés Fahrenheit et une brise fraîche du nord frappait les feuilles des arbres de l'arrière-cour.

La maison d'été louée à *Katama* semblait être à des années-lumière de mon appartement à Manhattan. Un cadre bucolique, où les téléphones ne sonnent pas et la plage n'est qu'à dix minutes en vélo. Ce serait la première occasion de toute l'année de me détendre, de récupérer, de réévaluer, de réfléchir et d'être redynamisé après avoir terminé ma première année en tant qu'administrateur d'école secondaire et superviseur du programme d'été de l'école primaire. De l'intérieur, je pouvais entendre le chant joyeux d'un orchestre aviaire à plusieurs voix. Une ode aux dieux du qui nous avaient bénis avec un temps parfait. Un temps parfait pour soulever l'esprit, rendu plus parfait dans le contexte des récentes semaines pleines de pluie de juillet.

J'ai regardé paisiblement par la fenêtre de la cuisine à la recherche de ce concert d'oiseaux. La mangeoire de l'arrière-cour semblait être la scène du concert. Fasciné par la musique de ce groupe de musiciens, j'ai décidé de trouver un siège, de préférence dans la première rangée, un endroit où je pourrais observer les artistes de près. Avec mon livre en main, je me dirigeai vers le fauteuil niché dans un coin de la cour près d'un grand pin épais à environ 20 pieds de la mangeoire à oiseaux. Il n'y avait pas d'autre moyen pour arriver à mon siège sans perturber la performance - et il n'y aurait pas de pause après le premier mouvement de la pièce pour permettre aux retardataires de prendre place. Je ferai de mon mieux pour me rendre à ma place sans perturber le concert.

Bien sûr, quand j'ai ouvert la porte arrière il y avait un battement fort d'oiseaux sur l'aile comme ils se sont dispersés à l'abri dans les arbres voisins. Peut-être que si je reste assis tranquillement, ils pardonneront mon manque d'étiquette et retourneront sur scène pour reprendre le concert. Quelques minutes plus tard, comme des musiciens affamés motivés par la disponibilité de nourriture gratuite, ils ont commencé à retourner un par un à la mangeoire. En peu de temps, j'ai été traité à une symphonie cacophonique mais agréable, comme ces musiciens ailés ont concouru pour un poste à la mangeoire de l'arrière-cour. À première vue, ou

plutôt au premier écoute (la grande variété d'oiseaux l'a fait un ré-
gal visuel et auditif), le plateau de cette performance semblait être
la mangeoire. J'ai vite réalisé qu'il y avait des chants et des cris différents émanant de plusieurs perchoirs cachés dans la cour. Il
s'agissait d'une sorte de concert virtuel avec la mangeoire comme
centre de scène, les musiciens en coulisses sur des perchoirs cachés
faisant écho et imitant des thèmes et motifs, créant l'illusion du
son ambiophonique.

Le sous-traitant de musique a réuni un groupe de musiciens vraiment multi-genres. Comme je ne suis pas un ornitho-
logue expérimenté, je n'ai pas pu identifier tous les sons et appels
qui ont atteint mes oreilles. Cependant, parmi ceux qui ont fait une
apparition au centre de la scène, sur la clôture à pioche, sur le sol -
j'ai pu repérer (avec l'aide de mon guide des oiseaux d'Amérique
du Nord) des mésanges à capuchon noir, des cardinaux du Nord,
des geais bleus, des bruyères de bois, des moineaux, Moineaux à
écailles, tourterelles de deuil, frelons domestiques, parulines et
moucherons arcadiens.

Il m'est soudain venu, après dix minutes d'écoute et d'ob-
servation, que ce n'était peut-être pas vraiment un concert mais
une jam session. Peut-être que c'était la façon dont les musiciens
sont entrés et sortis de la scène. Parfois, des joueurs différents allaient et venaient comme ils se remplaçaient périodiquement sur
scène. Des bagarres ont éclaté sporadiquement pour le droit d'être
au centre de la scène à l'alimentation. Il y avait ceux, comme les

geais bleus autoritaires qui avaient un accès total, tandis que d'autres devaient attendre leur tour ou voler une occasion d'être à la mangeoire. Il semblait y avoir un système hiérarchique en place qui définissait les allées et venues de chaque genre de musicien. Et tout au long de la performance, j'ai pu entendre la musique de fond de plusieurs musiciens timides qui n'ont jamais réussi à faire une apparition visible. Je ne reconnaissais que deux de ces instruments - le hurlement douloureux des colombes pleureuses et le chant inimitable d'un hibou.

Soudain, deux cardinaux du nord adultes se sont posés sur le sol sous la mangeoire et ont commencé à se nourrir des graines tombées de la mangeoire tumultueuse au-dessus. Avec leurs arêtes et ailes brun-rougeâtre et leur posture majestueuse, ils semblaient hors de propos en ramassant les graines du sol. En s'inclinant et en regardant autour de la cour avec dédain, ils étaient imprégnés d'une aura qui indiquait qu'ils étaient trop sophistiqués pour participer à la jam session sauvage des plèbes sur la mangeoire ci-dessus.

J'ai été distrait par un écureuil gris qui a rejoint les cardinaux en se nourrissant au sol. À mi-hauteur du mât de la mangeoire, il y avait un bol en métal placé de façon stratégique pour dissuader les écureuils d'attaquer la mangeoire. Je me demandais s'il avait déjà essayé de grimper au poteau. Il n'y avait probablement pas besoin de le faire. Surtout si on va toujours avoir des prises faciles sur le terrain. Ce sont des créatures rusées, agiles et intelligentes - véritables maîtres de leur domaine. Comme les acrobates chinois et les athlètes bien entraînés, ils se déplacent du sol au sommet des arbres avec une facilité défiant la gravité et une économie de mouvement qui est inégalée dans le règne animal. Il ne leva même pas les yeux pour considérer la richesse des semences et du grain suspendus au-dessus de lui. Il a méticuleusement mis la tête dans l'herbe, ramassé les graines avec ses pattes avant, s'est assis sur ses hanches pour avoir une vue à 360 degrés de son environnement (une technique de survie qui rend presque impossible de se faufiler sur un écureuil) et a grignoté. En m'émerveillant de son efficacité alimentaire et de son économie de mouvement, je me demandais s'il appréciait l'ouverture musicale de l'arrière-cour jouée par cette bande de fous hétéroclite. Apparemment en réponse à mes réflexions sur son goût pour la musique, il a branlé sa queue, ramassé quelques graines de plus et continué à ronger.

J'étudiais ses mouvements furtifs de cueillette quand il y eut un rugissement soudain et fort d'ailes qui volaient. En un éclair, tous les musiciens avaient disparu dans l'abri des arbres et buissons voisins. Il n'y avait pas un oiseau en vue. Un silence assourdissant s'ensuivit. C'était comme si quelqu'un avait coupé la prise du concert. Cela me rappelait une nuit d'été à la fin des années 70. J'assistais à un concert des *Boz Skaggs* lorsque la musique s'est arrêtée soudainement. La ville avait connu une panne d'électricité qui a duré près de 24 heures. Même l'écureuil confiant avait disparu. Quelque chose a dû les effrayer, pensai-je. Quelques secondes plus tard, j'ai levé les yeux et j'ai vu un faucon à queue rouge qui tournait au-dessus de la cour.

Il a fallu encore dix minutes après la disparition du faucon pour que tout le monde soit suffisamment détendu pour retourner sur scène. Je contemplais encore le récent drame du faucon quand j'ai vu mon écureuil se précipiter à travers les branches supérieures de l'arbre voisin. Il a fait un virage serré à gauche sur une branche surplombant la maison, a sauté par-dessus la clôture et s'est posé sur le toit. En pleine poursuite, un jeune chat siamois (probablement appartenant au voisin) survole la clôture de piquet et atterrit sur la table de pique-nique à côté de la maison. Elle semblait avoir eu l'idée d'attraper l'écureuil. Son regard se posa sur le toit de la maison pendant au moins quatre minutes, sa queue faisant des va-et-vient dans l'excitation d'une prise. Mais l'écureuil avait disparu depuis longtemps.

Finalement perdant tout intérêt pour l'écureuil, elle décida de se glisser sous les branches basses du pin voisin. Sa queue qui battait et ses oreilles qui se tordaient, suggéraient qu'elle était assez énervée de ne pas avoir réussi à attraper l'écureuil. Elle semblait déterminée à tendre une embuscade, toute créature vivante dans laquelle elle peut mettre ses griffes. Alors que je m'asseyais sur ma chaise longue dans mon jardin pour regarder ce drame se dérouler, il m'est venu à l'esprit qu'elle ne savait pas que j'étais là. J'ai décidé de ne pas attirer l'attention sur moi. Je devrais lui permettre de me découvrir, pensais-je. Je me suis senti expirer et réalisai pour la première fois que je retenais mon souffle. Dans mon effort pour ne pas perturber le concert (encore) et avec tout ce drame, je suis resté dans la même position - jambes croisées, livre ouvert sur genoux. Après mûre réflexion, il ne s'agissait peut-être ni d'un concert ni d'une jam session, mais d'un opéra. Il y avait certainement assez de rebondissements dramatiques (sans parler des scènes de vie et de mort) pour plaire à tout aficionado de Puccini.

Les choses sont bientôt redevenues normales, lentement mais sûrement, les oiseaux ont commencé à chanter et à s'appeler les uns et les autres et une fois de plus ont commencé à se bousculer pour obtenir une position sur la mangeoire. J'ai décidé de consacrer un peu de temps en lisant mon livre. Je ne me souviens pas très bien combien de temps j'ai lu quand j'ai entendu un miaulement fort et affligé du chat qui semblait avoir été surpris par la découverte soudaine de ma présence. Attention de ne pas bouger la tête, je levai les yeux de mon livre pour voir le chat gelé à mi-foulée à dix pieds de distance alors qu'elle me fixait.

Elle avait de grands yeux gris bleuâtre effrayants qui regardaient directement dans les miens. Elle semblait essayer de décider si j'étais un nain de jardin grandeur nature ou un être vivant. Je lui jetai le regard, essayant de mon mieux de ne pas bouger un muscle. Cela semblait la déconcerter. Elle a émis un autre miaulement encore plus menaçant pour voir si je réagirais. Je n'ai pas. Cela semblait la confondre encore plus. La curiosité va devoir la tuer mais d'une façon ou d'une autre elle allait découvrir si j'étais un être vivant. Frisant nerveusement en avant et en arrière, miaulant toutes les quelques secondes, elle s'approcha timidement. À cinq pieds de distance, elle a levé ses narines et reniflait l'air pour voir si elle pouvait sentir une odeur humaine. Je suis resté immobile. Refusant d'être dissuadée, dans un mouvement de balancement au ralenti, elle s'est avancée vers le pied de ma chaise longue et a reniflé mes mocassins.

Décidant que je l'avais assez torturée, je décroisai mes jambes. Effrayée par mon mouvement soudain, elle bondit à cinq pieds dans les airs, et émettait un miaulement perçant. Elle miaula affectueusement presque à l'instant où elle atterrit. Je l'appelai et l'invitai à se rapprocher pour lui gratter la tête. Elle était à mes côtés en un instant. Ignorant les formalités des présentations, elle a sauté sur mes genoux, ronronnant avec joie.

Tout allait bien dans le monde. Un étrange chat siamois était assis sur mes genoux ronronnant à sa guise et mes amis aviaires continuaient avec leurs harmonies mélodiques. C'était en effet une journée d'été parfaite.

CHAPITRE 4

Vacances aux Caraïbes

Au fil des ans, ma femme Barbara et ses parents ont raconté leurs nombreuses aventures en traversant l'Adriatique, en conduisant à travers l'Espagne, en faisant du shopping dans les souks de Marrakech, en prenant le métro à Moscou, pour n'en nommer que quelques-uns. Deux de mes préférés racontent l'époque où un prince marocain offrait à sa mère dix étalons, des bijoux, six chameaux et une variété d'autres animaux comme dot, et les occasions à Moscou où Barbara, portant un sérieux afro des années 1960, on pensait qu'elle était Angela Davis, Panthère noire et activiste politique des années 1960.

Les voyages de Barbara ne sont plus des voyages exotiques avec son père en fauteuil roulant âgé de 92 ans et sa mère âgée de 88 ans qui est une survivante d'une quadruple chirurgie cardiaque. Elle les accompagne maintenant dans un autre genre de voyage alors qu'ils traversent péniblement ce que le psychiatre d'Harvard George Vaillant appelle les champs de mines du vieillissement.

Prendre soin des parents âgés a un impact énorme sur les meilleurs soignants. Barbara n'était pas une exception. Le faire sans abandonner les engagements de sa vie professionnelle a été vraiment inspirant. Elle a travaillé sans relâche pour maintenir une qualité de vie relativement élevée pour ses parents âgés. Quand son père a perdu sa capacité à marcher, elle a été inlassable dans ses efforts pour l'aider et elle est devenue très habile à, entre autres choses, le transférer d'un endroit à un autre - du lit au fauteuil roulant, fauteuil roulant en voiture, de la voiture au fauteuil roulant, etc. Grâce aux efforts surhumains de Barbara, ses parents ont continué à profiter de bon nombre des plaisirs et des indulgences de leur vie - aller à des concerts, musées, restaurants, socialiser avec des amis, etc. - bien après ce que quiconque aurait cru possible.

Tout au long de cette période, j'ai essayé de faire de mon mieux pour la soutenir en cherchant continuellement des moyens d'aider à atténuer le fardeau que Barbara portait sans égoïsme. Pourtant, je craignais qu'elle en fasse trop, qu'elle ait besoin d'une pause dans cet engagement émotionnellement et physiquement épuisant. Un court séjour lui ferait du bien.

« Aimeriez-vous aller à Saint-Kitts et vous allonger sur la plage pendant une semaine ? » J'ai demandé, sachant qu'en tant que vagabonde de plage avouée elle trouverait une telle offre irrésistible. « Excellente idée », a-t-elle dit avec hésitation, ajoutant : « Puis-je vous faire savoir demain ? »

« Bien sûr. » J'ai dit, heureuse qu'elle soit prête à envisager une telle escapade.

Deux jours plus tard, en souriant d'une oreille à l'autre, Barbara m'a accueilli en disant : *Devinez quoi ? J'ai parlé à mes parents, et ils aimeraient bien nous accompagner.*

J'ai été abasourdi. Maintenant, j'aimais mes beaux-parents très forts, mais l'idée de voyager avec son père en fauteuil roulant âgé de 92 ans et sa mère âgée de 88 ans et qui a eu une chirurgie cardiaque à quadruple bypass il y a plusieurs années, ne m'a pas vraiment fait sauter de joie. L'effort nécessaire pour traiter la logistique d'une aventure aussi gigantesque a dû faire court-circuiter mon cerveau parce que je l'ai simplement regardée, sans voix, luttant pour trouver la bonne réponse. La voix dans ma tête criait : *Êtes-vous folle ? Avez-vous perdu la raison* ? Ce qui a échappé de mes lèvres était des mots à la fois pathétique et malhonnête. *Bien sûr, chérie, c'est une idée merveilleuse.* Barbara, cependant, a vu l'appréhension et le karma négatif qui m'enveloppait.

Ne t'inquiète pas, dit-elle, *tout va bien se passer. Mes parents ont vraiment hâte de voir Saint-Kitts.* J'étais déchiré. Je ne voulais pas décevoir mes beaux-parents, mais je ne voyais pas non plus comment ce voyage était humainement possible. Son père ne pouvait pas marcher, et l'état cardiaque de sa mère l'empêche de marcher plus de 50 mètres avant d'avoir à s'arrêter pour se reposer. Sans les vols directs de NYC, voyager à Saint-Kitts avec une octogénaire et un nonagénaire en fauteuil roulant serait, à tout le moins, un défi formidable. Ajoutez à cela les bagages supplémentaires nécessaires pour transporter des aliments divers, et le voyage commence à ressembler à un déploiement militaire. J'ai essayé de convaincre Barbara que c'était l'exemple parfait d'une mauvaise idée camouflée par une idée merveilleuse. Pour les prochains jours, Barbara et moi nous sommes disputés sur la logistique des voyages. Chaque fois que je mettais en évidence un problème pratique, elle parait avec une solution spécieuse - à ma façon de penser de toute manière.

Malgré mes doutes, et avec beaucoup de confiance, j'ai finalement décidé d'essayer. Je n'aurais qu'à attacher ma ceinture de sécurité et ne pas penser aux bosses potentielles devant moi. Malgré mon anxiété, il y avait un sentiment inébranlable, quelque part au fond de mon subconscient qu'avec la force de volonté de Barbara nous pourrions le faire.

La semaine passée à Saint-Kitts a été merveilleuse, difficile, sans catastrophe et remplie de récompenses psychiques. La seule vraie « difficulté » ne venait pas de la pénible tâche de pousser des fauteuils roulants et de porter des bagages, mais plutôt de l'attention que nous attirions sans cesse. Étant par nature réticente, je préfère la solitude qui vient avec l'invisibilité publique. Les regards apparemment critiques (peut-être certains d'entre eux étaient des regards d'approbation, je ne pouvais pas toujours le dire) du public me mettaient mal à l'aise. Plus que les regards, je détestais les questions et commentaires bien intentionnés qui, d'une certaine façon, me laissaient exposé. Quand une femme à l'aéroport de La Guardia a dit : *Vous serez tous deux éternellement bénis*, je me suis senti indigne d'une telle approbation. Nous étions des anomalies et il y avait ceux qui se sentaient obligés de nous faire ressentir cela. C'était un peu trop quand quelqu'un a suggéré que Barbara et moi auditionnons pour la sainteté.

En y repensant, il est maintenant clair pour moi que nous avons accompli un exploit apparemment impossible grâce à la force de l'esprit indomptable de Barbara - un esprit qui lui permet de voir les possibilités face à l'impossible.

Mes callosités de la main, acquises après une semaine à pousser des fauteuils roulants sur une île magnifique mais peu accueillante pour les fauteuils roulants, ont disparu depuis longtemps. Je m'efforce maintenant de me mettre au défi de surmonter les limitations perçues par moi-même, éternellement reconnaissante à Barbara et ses parents de m'avoir donné l'occasion de partager ce voyage spécial.

CHAPITRE 5

Mon vieil homme et la mer

J'ai fait mon tour quotidien à vélo dans les contreforts du *Mt. Olivees*. Endroit difficile à monter mais la topographie vallonnée m'a donné un excellent entraînement cardio. Muscles endoloris, un bon élixir temporaire pour ce qui me fait mal au cœur.

En tant que généalogiste de famille, j'ai visité les archives de l'église anglicane Saint George à Nevis, W. I. et j'ai été transporté dans le temps. Quel frisson. En quelque sorte, entrer dans une capsule temporelle, remonter aux années 1850, est beaucoup plus amusant, beaucoup moins déchirant émotionnellement que de passer au crible la maison de papa. Une maison construite de ses propres mains. Une maison remplie de souvenirs d'enfance inextricablement mêlés aux débris de sa vie terrestre.

Le 1 mai, dix-huit cent cinquante-sept ! Il était là, exquises écritures sur papier jauni avec le temps. Il y a cent cinquante-cinq ans, pour être exact. Le registre de baptême de mon arrière-grand-père !

Où trouver du réconfort ?

La mer des Caraïbes m'appelle. J'ai essayé sans succès de l'ignorer. De minuscules vagues me clapotèrent doucement sur les chevilles. C'était sept heures du matin et j'y étais seul. Dans une autre demi-heure cette petite crique avec son sable volcanique noir sera baignée dans les rayons directs du soleil qui couvre déjà la crête de la montagne. Absorbée par la beauté bucolique et sérénissime de cette crique peu fréquentée, j'oubliai un instant que je me promenais dans les eaux cruelles de la plage de *Bird Rock* - l'endroit où papa s'est noyé soudainement, inexplicablement.

Peut-être était-ce l'eau immaculée qui scintillait dans la douce lumière diffuse du soleil matinal ; peut-être était-ce le murmure hypnotique et rythmique des minuscules vagues se brisant doucement sur le rivage. Peut-être, juste peut-être, le calme apaisant qui m'enveloppait pendant que je nageais, un calme soulageant la douleur, était le cadeau spécial de Poséidon pour moi. Une offre de paix des eaux mêmes qui ont littéralement emporté le dernier souffle de papa.

Attiré par une force invisible, je revenais, encore et encore, pour être consolé, pour être tenu près dans l'étreinte chaleureuse de cette mer meurtrière qui donne la vie et la régénération.

CHAPITRE 6

La performance de Pierre

Je m'étais assis dans mon bureau en réfléchissant avec diligence au programme des procureurs du lendemain lorsque le son de voix soulevées par la colère a atteint mes oreilles. Le vacarme venait de la deuxième porte le long du couloir. En m'approchant de la source du trouble, j'ai pu immédiatement identifier le son de la voix unique de Pierre.

Il était indubitable non pas à cause de sa qualité tonale ou de son timbre, mais plutôt à cause de son style. Bien sûr, quand je suis arrivé à la salle de classe, il y avait Pierre, tenant la cour. Je me suis arrêté un moment sur le seuil de la porte et j'ai regardé la performance. Et quelle performance ! Pierre était le seul étudiant debout, un bureau renversé à ses pieds. Ses camarades de classe étaient assis tranquillement, les yeux fixés sur lui. J'ai essayé d'interpréter ce que je voyais dans les visages silencieux de son auditoire absorbé.

La maîtresse était debout, dos à la table, craie en main, regardant avec un air de résignation impuissante mêlée de dégoût. Elle avait l'impression d'avoir déjà vu le numéro de Pierre, mais cette fois-ci c'était plus intense et théâtral. C'était un vrai tour de force. Le regard des visages de ses camarades de classe semblait suggérer qu'ils étaient soit ennuyés par son acte fatigué et usé, ou curieux de sa stabilité mentale.

La cible de l'attaque de Pierre était une camarade de classe qui aurait marché sur son carnet lorsqu'il est tombé par terre. La diatribe a duré environ deux minutes - un monologue plein de tous les mots maudits imaginables. Le fait que le directeur adjoint se tenait à la porte, les bras croisés sur sa poitrine, en observant toute la scène, ne semblait pas le déconcerter. Les mots maudits et la saleté tombaient de ses lèvres avec une fluidité et une facilité choquante. Son monologue incluait toutes les normes – put**n, s***ope, p*te, co**ard, et d'autres pas familiers à mes oreilles incultes.

J'ai demandé à Pierre de quitter la salle de classe et de se présenter à mon bureau. Je me suis préparé. En passant devant moi, il a déchaîné une nouvelle volée d'obscénités pour faire bonne mesure.

Pierre est un élève de quatrième qui a par ailleurs une propension particulière à utiliser des mots vulgaires. Il est un professionnel qui a perfectionné cette propension. Sans aucun doute, il est le meilleur élève de 14 ans avec une bouche sale que j'ai jamais rencontrée. Il est intéressant de noter que Pierre n'est pas un enfant violent, mais plutôt un gosse à visage rond et un sourire charmant dont le comportement général ne reflète pas sa bouche crasseuse. Il ne se bat jamais, verbalement ou physiquement avec les garçons - il sait qu'ils peuvent tous lui botter le cul, et préfère la compagnie des filles, en particulier celles qui aiment les potins. Très souvent, lorsqu'il y a un conflit entre les filles de la huitième année, deux fois par jour en moyenne, le nom de Pierre se trouve au milieu.

Plus tôt dans l'année scolaire, j'ai téléphoné la mère de Pierre pour lui parler de la vulgarité de son fils. Dès que je me suis identifié, elle m'a dit : « *C'est-ce quoi tout ce bordel ?*» Je dois admettre que, au cours de mes années dans le domaine d'éducation en faisant des innombrables appels téléphoniques aux parents, pour moi c'était une première expérience. J'ai été surpris par la nature soudaine et violente des mots. J'ai calmement fait remarquer que je ne parle pas de cette façon et j'apprécierais donc qu'elle ne maudisse pas. Elle a rapidement fait remarquer que même si elle avait utilisé le mot baise, elle ne me maudissait pas. C'était en effet une distinction très importante pour elle. Il est à son honneur qu'elle se soit sentie obligée, plus tard dans la conversation, de présenter des excuses ou du moins d'adoucir ses paroles en disant : « *Monsieur Simmonds, vous devez comprendre que c'est ainsi que nous parlons dans le quartier.* »

Pierre utilise la même logique chaque fois que je l'admoneste pour ses malédictions gratuites. Après ma conversation téléphonique avec sa mère, il est devenu assez clair que la réhabilitation de Pierre ne serait pas une tâche facile.

J'ai donné à Pierre une lettre à ramener chez lui et je me suis assuré qu'il comprenne que lorsqu'il retournerait à l'école, il devait être accompagné par un adulte responsable. Il m'a suggéré que sa sœur viendrait me voir. La dernière adulte venue à l'école pour le compte de Pierre était effectivement une de ses sœurs, une femme d'environ vingt-cinq ans. Je me suis souvenu qu'elle avait bien géré Pierre et dit toutes les bonnes choses. J'espérais secrètement que ce serait elle qui viendrait me voir.

Le lendemain, vendredi, alors que les élèves entraient en courant dans l'entrée, j'ai vu Pierre descendre le couloir vers moi. Il était seul.

« Un adulte est avec vous ? » J'ai demandé.

« Non, ma sœur est partie et elle ne peut pas être là avant lundi, » Il a répondu.

« Dans ce cas, » j'ai dit, *« vous devrez retourner immédiatement chez vous et retourner avec un adulte. Je pensais avoir été très clair : vous ne devez pas revenir seul. »*

Nous sommes allés au bureau principal pour téléphoner à sa sœur. J'ai appris plus tôt que Pierre a cinq sœurs, toutes âgées de plus de vingt-cinq ans. Il n'y a pas eu de réponse.

« *Vous devrez rester assis au bureau jusqu'à ce que le secrétaire puisse joindre quelqu'un de chez vous.* » J'ai quitté le bureau en ignorant ses protestations.

Deux heures plus tard, la secrétaire m'a appelé pour m'informer que la sœur de Pierre était au téléphone. Apparemment, Pierre avait quitté l'école sans permission et était allé chez sa sœur pour lui raconter sa triste histoire. J'ai décroché le téléphone et avant que je ne puisse dire un mot, une volée d'obscénités est sortie de l'écouteur du téléphone. Selon elle, je n'avais pas le droit de le jeter dans la rue et de ne pas lui permettre de contacter un membre de sa famille par téléphone. Chaque tentative que j'ai faite pour décrire ce qui s'est passé a été sommairement écourtée par un nouveau barrage d'obscénités. Juste avant que je décide de raccrocher, elle s'est déchaînée avec un autre barrage d'insultes. C'était remarquable. J'ai compté huit baisers consécutifs émis en succession rapide avant de baisser le téléphone dans son berceau. J'ai tout de suite eu des doutes à l'idée de la raccrocher. Il aurait été intéressant d'entendre toute la gamme de ses grossièretés. Il doit s'agir d'une des autres sœurs que je n'avais pas rencontrées. La sœur que j'ai rencontrée était relativement sophistiquée. Cela ne pouvait être elle, me suis-je dit. Au moins j'espérais que non.

Deux jours se sont écoulés avant que le secrétaire m'appelle pour me dire que Pierre et sa sœur attendaient de me voir au bureau principal. Il était un jour d'examen d'état, et je n'avais ni le temps ni l'envie de recevoir Pierre et sa famille. Je pouvais sentir mon cœur battre plus vite. Quelle sœur était-ce? Je n'étais certainement pas d'humeur pour des jurons plus gratuits. Cet usage violent du langage a toujours un effet énorme sur moi. Cela me laisse totalement épuisé physiquement et émotionnellement. J'étais tellement submergé par les tâches administratives après l'examen que j'ai vite oublié qu'elles m'attendaient. Les matériaux d'essai devaient être livrés au bureau de district dans une heure.

Quarante-cinq minutes plus tard, je me suis retrouvé submergé de paperasse lorsque Pierre et sa sœur, fatigués d'attendre pour me voir, sont entrés dans mon bureau. C'était la sœur que j'avais rencontrée, la sophistiquée. Dieu merci. Elle ne pouvait pas être celle qui était si méchante au téléphone, n'est-ce pas ? Je n'étais plus sûr. Je les ai invités tous les deux à s'asseoir. Je lui ai raconté ce qui s'est passé, à partir du jour où Pierre a mis en scène cette grande performance pour ses camarades de classe. Sa démonstration de patience et d'équilibre m'a donné l'impression que la conférence allait être productive. J'avais la bonne sœur. J'en étais maintenant certain. Lorsque j'ai décrit mes conversations téléphoniques antérieures avec une de leurs autres sœurs grossières, elle a souri et dit : « *Maintenant vous savez pourquoi Pierre a une bouche si sale. Vous ne savez pas combien de fois ma mère a essayé de laver sa bouche avec du savon.* »

Elle a alors commencé à expliquer à Pierre en ma présence, comme elle l'avait fait la dernière fois qu'elle était venue à l'école pour une conférence, l'importance de montrer du respect envers les enseignants et les pairs. Elle s'est tournée vers moi et m'a expliqué qu'elle faisait de Pierre son projet personnel parce qu'elle avait compris qu'il lui fallait une main ferme pour le guider. Jusqu'à présent, dit-elle, personne dans la famille ne lui avait donné les conseils dont il avait besoin.

J'ai terminé la conférence en lui assurant que je continuerai à travailler avec Pierre jusqu'à ce qu'il obtienne son diplôme en juin, en l'assurant que je n'abandonnerais pas sur lui. Elle a répondu qu'elle serait toujours là pour son petit frère. Je l'ai également remerciée d'être si positive et de m'avoir soutenue. Elle m'avait demandé plus tôt une copie des anecdotes comportementales de Pierre que j'avais gardées sur mon ordinateur. Je les ai imprimées et lui ai remises. Elle s'est assise un instant à lire la feuille. J'ai examiné son visage de près pour voir si elle avait réagi aux explosions épisodiques de son frère. Son visage ne me dit rien. Après avoir lu le texte, elle plia le papier, le mit dans son sac, se retourna vers Peter et dit « *P**ain, ce quoi ce b***del ? Ne me dis plus jamais que tu parles comme ça à tes profs.* »

CHAPITRE 7

Tower Vol 222

10H35

Les files d'attente au comptoir d'enregistrement à LAX étaient longues. Grâce à la dernière catastrophe aérienne, les voyageurs se donnaient plus de temps pour embarquer car les compagnies aériennes avaient augmenté leurs protocoles de sécurité d'enregistrement. En scannant les visages des personnes sur la file d'attente, j'ai vu des images de voyageurs qui sont venus à l'aéroport munis d'une valise supplémentaire remplie de patience. Une sorte d'angoisse nerveuse envahissait l'atmosphère. Il y a moins d'une semaine, le vol TWA 800 s'est écrasé dans l'océan Atlantique douze minutes après son décollage de l'aéroport JFK. Au minimum, la confiance du public dans le transport aérien a été ébranlée.

12H00

J'étais assis près de la porte 12 en attendant le départ de mon vol de retour à JFK à 12h45 et j'ai essayé de mon mieux d'occuper mes pensées afin de ne pas penser à ce qui pourrait mal se passer.

Alors que je réfléchissais à mon puzzle de mots croisés, une femme âgée s'approcha et s'assit à côté de moi. Je levai les yeux et la reconnus.

« *Je suppose que c'est de retour à New York* », dit-elle en essayant de détendre l'atmosphère.

Elle semblait un peu excentrique Cela m'a fait penser : Oh non ! J'espère qu'elle ne va pas me confier pendant la prochaine demi-heure avant que nous embarquions. Elle était une femme d'environ 75 ans, vêtue comme une femme dans la trentaine. Je trouve qu'il est impossible d'être impoli envers les personnes âgées. Si elle était beaucoup plus jeune, je pourrais être carrément grossier et elle serait certaine de ne pas me déranger. Sans être discourtois, j'ai donné une réponse sommaire et continué à travailler sur mon casse-tête. J'espérais qu'elle pourrait lire mon langage corporel parce que mon corps disait qu'il ne voulait pas être dérangé. Après environ deux minutes elle a essayé de parler à une autre personne assise à côté d'elle. Elle a reçu le même traitement d'épaule froide.

12H30

Je réfléchissais à la réponse pour 5 vers le bas quand une voix a grésillé sur le système d'annonce publique nous informant qu'il était temps de monter à bord. J'ai pris mon sac à dos et je me suis dit : « *Que le ciel aide les passagers assez malchanceux pour qu'on leur assigne des sièges à côté de mon excentrique âgée.* » J'ai embarqué dans l'avion et me suis dirigé vers l'allée pour prendre le siège 17G. J'ai été soulagé de voir qu'il n'y avait pas de sièges immédiatement en face de la rangée G.

Bien, me suis-je dit, reconnaissant pour l'espace supplémentaire pour les jambes. Trouver de l'espace pour les longues jambes est toujours un problème pour ceux d'entre nous qui voyagent habituellement en classe économique. Je me suis installé dans mon siège, attaché ma ceinture de sécurité et puis j'ai regardé à droite. Elle était là assise au siège numéro 17A ! Mon excentrique âgée. Elle essayait de se boucler la ceinture. J'ai poussé un soupir de soulagement. Cela aurait pu être pire après tout. Elle pourrait être assise à côté de moi.

12H40

« *Excusez-moi, madame, je crois que vous êtes à ma place.* » Mon cœur a sauté au son de ces mots. J'ai levé les yeux et vu un monsieur s'adresser à la dame du siège numéro 17A !

« *Oh, je suis désolée* », dit ma vieille excentrique et se mit à chercher sa carte d'embarquement dans son sac à main. Elle l'a trouvée et l'a remise au monsieur qui essayait de la déplacer. Elle semblait contrariée qu'elle doive bouger.

« *Vous êtes dans 17F* », a-t-il annoncé.

« *Oh non* », me dis-je, « *les Destins ont conspiré contre moi* », et j'ai immédiatement commencé à chercher des sièges vides dans la cabine. Je n'en ai pas vu au premier coup d'œil. Peut-être que je vais faire semblant d'aller à la salle de bain, trouver un siège vide et ne jamais revenir à 17G. Il n'y avait aucun moyen que je me soumette à des bavardages insignifiants pendant 5 heures. J'étais encore stupéfait et songeant à mon destin quand elle m'a accueilli joyeusement.

« *Oh, c'est bien, nous avons des sièges ensemble* », a-t-elle gazouillé. C'était trop tard. J'aurais dû partir avant qu'elle ait eu la chance de me re-marquer. J'étais coincé.

12H50

« *Mesdames et messieurs, veuillez nous excuser pour le retard. Nous avons des problèmes pour fermer la cale. Nous prévoyons de le réparer dans les prochaines minutes, puis nous serons en route.* »

Il ne semblait pas y avoir quelque chose d'inhabituel dans l'annonce du capitaine. J'ai continué à travailler sur mon puzzle, en espérant que mon corps parle toujours un langage clair et cohé-rent. Un langage qui disait *ne pas déranger* !

13H30

« *Mesdames et messieurs, nous n'avons pas réussi à sécuriser la soute. Il fau-dra prendre l'avion pour faire l'entretien. Je crains que nous ne devions deman-der à tout le monde de descendre. Nous sommes très désolés pour ce désagrément. Lorsque vous débarquez, veuillez-vous présenter au guichet où vous recevrez un bon de 15 $ pour le déjeuner. Vous devez retourner au porte 12 à 17 h pour connaître la nouvelle heure d'embarquement.* »

J'ai été surpris de la sérénité avec laquelle tout le monde a reçu cette nouvelle. Il était clair que tout le monde était déçu, même s'ils étaient loin d'être indignés. Cela signifiait que notre dé-part serait retardé d'au moins 5 heures. En débarquant de l'avion, il m'est apparu qu'il devait y avoir plus que ce que l'on peut voir dans l'histoire du capitaine. Il doit y avoir un problème de sécurité que la tour ne voulait pas divulguer par crainte d'alarmer les passagers. Ils allaient probablement utiliser les prochaines heures pour faire un balayage de l'avion. Peut-être que je devrais retourner à NY sur une autre compagnie aérienne. Le vol 222 sera probablement le plus sûr au moment où ils auront fini de vérifier l'avion. J'ai décidé d'aller chercher mon déjeuner, de trouver un coin tranquille et de lire jusqu'à ce qu'il soit temps de monter à bord.

16H45

En revenant à la porte, je me suis demandé ce qui était arrivé au passager de la rangée 17F. J'étais certain qu'il y aurait beaucoup de sièges vides disponibles parce que lorsque nous avons décollé, j'ai entendu plusieurs passagers dire qu'ils essaieraient de trouver un autre vol pour New York. À 17 heures, il y a eu une annonce indiquant que nous pouvons embarquer pour le nouveau départ de 5h30.

17H15

Alors que nous prenions place, j'ai commencé à élaborer ma stratégie de changement de siège. J'agirai après que le capitaine aura enlevé l'enseigne *Attachez vos ceintures*. Mon amie qui est assise dans le siège 17F a interrompu mes pensées.

« *Voulez-vous une banane ?* » a-t-elle demandé. Est-elle intelligente ! Elle m'offre une banane pour que je me sente obligée d'être son public captif pendant 5 heures transcontinentales.

18H00

« Mesdames et messieurs, nous vous présentons de nouveau nos excuses pour le retard. Un monsieur vient de se présenter et demande à descendre, ce qui signifie que nous devons localiser ses bagages dans la soute. Comme vous le savez, notre politique est de ne pas prendre les passagers sans leurs bagages. Nous devrions partir dans une demi-heure. »

Pour la première fois, j'ai détecté un murmure de protestation de ces passagers par ailleurs extrêmement patients. Le capitaine, le retard et toute la situation étaient enfin en train de mettre à rude épreuve leur patience.

« Ça devient ridicule ! » dit une voix quelques lignes derrière moi.

18H10

17F m'a expliqué qu'elle avait un problème d'audition et m'a demandé si je pouvais raconter les annonces du capitaine. Quelle ruse intelligente, mon ami excentrique. Vous êtes vraiment déterminé à m'engager dans la conversation, n'est-ce pas ? Jusqu'à ce moment, j'avais évité tout contact visuel et envoyé des signaux non-verbaux sans arrêt pour indiquer mon désir d'être laissé seul. Son désir de décharger son âme était si palpable que je pouvais sentir ses regards furtifs rebondir sur le côté de mon visage alors qu'elle cherchait une ouverture. Malheureusement, elle a pris mon explication des paroles du capitaine comme un signe de ma volonté de discuter. Avant que je ne sache ce qui m'a frappé, elle s'est mise à parler. En me dispensant des formalités habituelles d'introduction de personnes étrangères à la rencontre pour la première fois, je suis immédiatement devenu un vieil ami de famille. Ce serait peut-être le bon moment pour utiliser mon mécanisme de gestion du stress préféré. Il a toujours été intéressant de me retirer de la situation en observant comment les autres font face à leur stress quand on est en retard et totalement à la merci des bus, trains et avions. Peut-être que je devrais me rendre et écouter mon excentrique âgé. Il serait intéressant de l'écouter. Il ne lui semblait pas important que je sois totalement ignorant de qui étaient Betsy et Maggie. Comme elle ne cessait de mentionner les noms des personnes que je soupçonnais d'être des membres de la famille, j'ai pensé l'interrompre pour lui demander une explication des références. J'ai décidé de ne pas le faire. Quoi, c'était un vol de 5 heures. Tout sera clair à la fin. Ou le sera-t-il ? Vingt minutes après son monologue, je me suis soudain rendu compte qu'elle n'était pas du genre à avoir besoin d'engagement dans la conversation :

« *Je vois* ».

« *Oh, vraiment ?* »

« *Sans blague !* »

« *Tu ne dis pas !* »

Elle était maintenant totalement absorbée dans son histoire. Et moi avec elle, même si la plupart de ce qu'elle disait n'avait de sens que pour elle. Son histoire était librement articulée, bien que disjointe et aléatoire dans ses séquences, semblable à celle d'un enfant racontant une histoire.

18H15

« Mon fils vole des planeurs... ... nous sommes allés à Las Vegas le week-end dernier. C'était amusant. Êtes-vous allé récemment à Las Vegas ? Quand mon mari était vivant, nous avons séjourné au Mirage. Ils ont des manèges là-bas et tout. Mon fils dit qu'ils ont des manèges sur le toit de l'immeuble ! Êtes-vous déjà allé à Atlantic City ? Non ? Vous plaisantez ! À 13 ans, ma petite-fille jouait aux jeux de merde. Elle était grande pour son âge à l'époque. »

Je me suis dit : *« Ira, tu devrais écrire tout ça. On dirait que ce sera une histoire intéressante. »* J'ai sorti mon carnet jaune et commencé à écrire pendant qu'elle s'amusait. Que lui dirais-je si elle me demandait ce que j'écris ? Je devrai inventer une histoire, je suppose. Elle ne semblait pas remarquer, ou se soucier, que j'écrivais comme elle me racontait son histoire.

« Nous sommes allés à la plage de Morrow. J'ai dû louer une camionnette. Vous ne connaissez pas la moitié de cela... ma belle-fille pense qu'elle est la Madone de la Scientologie. Savez-vous ce que c'est ? Vous savez, avec L. Ron Hubbard ?»

Elle s'est arrêtée quelques secondes avant de continuer.... *« Comment quelqu'un pourrait-il me faire mieux si ce dont j'ai vraiment besoin est une opération ?»* Une autre pause alors qu'elle regardait autour d'elle comme si elle essayait de trouver un agent de bord.

« On dirait qu'on ne partira jamais, hein ? Mon ami m'a dit, pourquoi tu ne prends pas un vol avec Tower Airline ? Tu vas économiser au moins une centaine de dollars. »

Elle s'est penchée en avant, a pris son sac à main, l'a ouvert, a fouillé jusqu'à ce qu'elle trouve son miroir, a croisé un rouge à lèvres et a essayé de redresser sa perruque.

« Mon fils a des problèmes, ... si vous voyez ce que je veux dire. » Je ne savais pas ce qu'elle voulait dire. Pourquoi tu ne me dis pas ce que tu veux dire, je me suis dit. Quelques minutes se sont écoulées avant qu'elle remarque que j'écrivais. *« Qu'est-ce que vous écrivez ? »* demande-t-elle. Oh, oh, le voilà. Pendant les 40 dernières minutes j'avais enregistré furieusement ses mots. *« Je fais une liste des choses que je dois faire pour mon prochain voyage au New Hampshire »*, j'ai menti. *« J'ai entendu dire qu'il y avait un Coney Island là-haut, avec des manèges et tout, »* elle a répondu.

Je fus déconcerté par sa réponse. Je n'avais aucune idée de ce dont elle parlait, mais ma crainte qu'elle pose des questions sur mon voyage au New Hampshire a disparu alors qu'elle continuait son histoire.

18H30

« Tu ne trouves pas ça horrible ?» Elle faisait référence au fait que nous n'avions pas encore quitté LAX, l'aéroport de Californie. *« Pour cent dollars de plus, j'aurais pu prendre l'avion Américain... Je ne savais pas qu'il y avait des classes de billets sur Tower Airlines !........... Mon fils est un toxicomane. C'est la plus grande déception de ma vie - à côté de mon autre fils qui a arrêté de prendre des cours de musique…..... Quelqu'un m'a dit que je devrais avoir un de ces téléphones portables. Comment les appelez-vous ? »*

« Téléphones cellulaires », ai-je dit.

« Vous voulez dire que vous pouvez appeler de n'importe où ? » …… Elle pose une question, mais n'attend pas de réponse. *« Je suis veuve, vous savez. J'ai été toute seule depuis la mort de mon mari. Je ne suis pas habituée à voyager seule. Nous avons tout fait ensemble, vous savez. »*

18H40

La voix du capitaine a encore pénétré dans la cabine.

« Un autre passager a demandé à descendre et chaque fois que cela se produit, nous devons localiser ses bagages, ce qui prend environ 45 minutes. Désolé pour le retard ». Un passager à l'arrière de l'avion a complètement perdu la tête après avoir entendu cette dernière annonce. « Dites-moi qui c'est, et je lui botterai le cul », a-t-il crié.

« Où est mon chapeau. Oh mon dieu, on dirait que quelqu'un a pris mon chapeau. Hôtesse de l'air ! » dit 17F, réalisant qu'elle avait égaré son chapeau. *« C'est tellement difficile depuis que mon mari est mort, »* a-t-elle poursuivi. *« Nous faisions tout ensemble. Il n'aimait pas vraiment voyager. Nous allions à tous les spectacles. »*

Une fois de plus, le capitaine annonce : *« Mesdames et messieurs, quelques passagers ont convaincu le dernier passager de ne pas descendre. J'aimerais remercier ces messieurs pour leur aide. »* Une grande joie et des applaudissements retentissants résonnent dans toute la cabine.

« Oui ! » cria une femme juste derrière moi.

Décollage

18H50

Le vol 222 a lentement roulé depuis la porte pour faire la queue en vue du décollage.

« *Il était un si bon musicien. Je ne comprends pas pourquoi il a abandonné. Il était tellement talentueux. Cela me brise le cœur. Je suis allé l'écouter jouer une fois et quand une femme a découvert qu'il était mon fils, elle m'a demandé comment j'avais pu produire un musicien aussi talentueux...* » Il y avait une pause de 10 secondes avant qu'elle continue.......
« *Je n'aime pas vraiment en parler. Il est un toxicomane ...... c'est ce qu'il est...... un gars brillant, mais un drogué........ c'est tellement triste....... il soutient son habitude de jouer à la bourse.......c'est tellement triste......il n'est pas bon. ....il vit toujours avec moi mais je ne peux pas me débarrasser de lui........je n'aime pas vraiment en parler, mais il est tout simplement mauvais.* »

Elle se leva et s'est dirigée vers la salle de bain. J'ai écrit frénétiquement en essayant de combler les lacunes avant qu'elle ne retourne à son siège. Elle est revenue 10 minutes plus tard.
« *Je viens de prendre un Tylenol. Mon amie est censée me rencontrer. Elle appellera l'aéroport pour savoir à quelle heure j'arrive. J'ai acheté une assurance supplémentaire pour ce voyage, et je ne le fais jamais ....je peux me passer de nourriture mexicaine pour le reste de ma vie...... je ne m'intéresse pas à la nourriture mexicaine.* » Ce qui lui rappelait la nourriture mexicaine à ce moment précis m'était inconnu.

Il y a eu silence pendant les deux minutes qui ont suivi. Je l'ai regardée et j'ai remarqué qu'elle dormait. J'en ai profité pour la regarder de plus près. Était-elle juive ou italienne ? Je ne pouvais pas dire. Un moment, elle semblait être une, un autre moment, elle semblait être l'autre. Elle avait l'air quelque peu italienne, mais il y avait en elle une qualité juive. Quoi exactement ? Je ne pouvais pas le dire. Elle n'avait pas l'air juive, mais elle parlait de façon juive. Sur sa main droite, elle portait deux anneaux de couleur vive avec des pierres de faux extrêmement grandes. Elle portait des leggings noirs qui étaient beaucoup trop serrés. Blouse noire, dentelle et dé-colleté. Sur elle une veste en jean avec des clous argentés. J'ai eu l'impression qu'elle essayait d'avoir l'air très élégante, mais elle a ré-ussi à ressembler à une pute bon marché. Ses ongles étaient peints en rouge vif. Sur sa tête était une perruque blonde.

« Depuis que mon mari est mort il y a deux ans… », elle était maintenant réveillée et disait : *« …j'ai eu tellement de mal à trouver des gens qui sortaient avec moi…… mon mari était toujours bon pour eux, mais ils m'ont tous abandonné quand il est mort. J'essaie d'inviter les gens à sortir, mais ils sont toujours trop occupés. Mon fils dit que je suis en train d'acheter leur amitié. Ils ne m'invitent nulle part. Je sais que je n'ai pas l'air trop jeune en ce moment…. j'ai plus de 70 ans vous savez, mais quand je m'habille, vous savez, avec du maquillage, une belle robe noire, des bas, j'ai l'air beaucoup plus jeune……. je ne comprends pas, personne ne veut sortir avec moi……… mon médecin est gay….…. j'adore Manhattan……il vit à Manhattan. Il est si gentil avec moi. J'ai l'impression de rendre visite à un ami quand je vais le voir. Il est vraiment gentil. Quand je vais à des spectacles à Manhattan, il me dit :* « Pourquoi ne pas rester, c'est un si long trajet jusqu'à Mill Basin ! »

Mill Basin. Où était Mill Basin ? Mon esprit était en train de se calmer. N'est-ce pas une de ces forteresses italiennes, au fond des entrailles de Brooklyn ? AHA ! je l'ai ! Elle devait être italienne. Elle continuait à divaguer. « *Il a toujours beaucoup de nourriture. Je mange tellement quand j'y suis.* » La pensée de la nourriture a dû lui rappeler qu'elle avait encore des bananes.

« *J'ai une banane de plus, vous êtes sûr que vous n'en voulez pas ?* » Je lui ai dit que j'étais certain. Elle a rapidement repris sa saga.

« *Les médecins gagnent beaucoup d'argent, mais il ne me fait pas payer beaucoup. Il est si gentil avec moi. Sa colocataire s'occupait d'une femme âgée qui est morte et lui a laissé tout son argent. Sept cent mille dollars ! Pouvez-vous imaginer ?* » Elle s'est encore endormie. Quand elle s'est réveillée, elle a remarqué que l'hôtesse servait les repas.

« *Oh, est-ce qu'on va avoir des friandises ?* » a-t-elle bâillé en frottant ses mains dans la joie. Elle mangeait avec les doigts quand son repas arrivait. « *Hôtesse, j'ai besoin d'un couteau pour couper mon poulet* » Elle a dit, mais elle n'a pas attendu le couteau, utilisant à la place sa cuillère et sa fourchette.

« *Voulez-vous mon gâteau ?* » demanda-t-elle. J'ai dit non merci.

« *Êtes-vous sûr ? Le café est plutôt bon. Aimez-vous le café ? Comme je suis si seule maintenant, je bois du café instantané. Je mets de la cannelle dans mon café.* »

Peu importe le café, je me suis dit : Revenons à la colocataire du médecin. C'est beaucoup plus intéressant. La façon incohérente et irrégulière dont ses paroles lui sont tombées des lèvres signifiait qu'il n'y avait aucune garantie qu'elle reviendrait sur le sujet. Je n'aurais qu'à la pousser.

« Que fait la colocataire du docteur pour vivre ? » me suis-je demandé, rompant mon vœu tacite de ne pas l'interrompre.

« *Faire pour vivre ?* » Elle répéta avec un grand rire. Elle fut surprise et amusée par la question. « *Il est alcoolique* », répondit-elle.

« *N'est-ce pas quelque chose ? Il ne fait que se saouler. Quelle vie !* » Elle a replongé sa tête en arrière et a ri à nouveau, comme si elle se souvenait d'un épisode privé hilarant de son insouciance.

« *N'est-ce pas quelque chose ? Dieu me pardonne de dire cela, mais grâce au Seigneur ils n'ont pas d'enfants.* » Il m'a fallu quelques secondes pour réaliser qu'elle se référait maintenant à sa belle-fille.

« *Elle est trop grosse ! Beaucoup trop grosse. Je ne plaisante pas. C'est une fille avec un joli visage et tout, mais bon sang, elle est grosse ! Je ne peux pas vous le dire ! C'est une vraie commère. Vous savez ce que c'est ?* » Elle semblait désireuse de me faire connaître la tradition yiddish. Peut-être qu'elle était juive après tout. J'ai fait semblant de ne pas savoir ce qu'était une commère.

« *Une femme-poisson* », elle a dit. J'ai voulu lui demander de préciser, mais j'ai décidé de ne pas la distraire.

« *Ils ne cuisinent pas. Ils mangent tout le temps à l'extérieur... et devinez qui paie chaque fois ? Moi. Ma copine me dit que j'aurais pu aller en Europe avec l'argent que je dépense pour mon fils et sa femme. La prochaine fois que je retourne là-bas, je vais faire semblant d'être stupide.* » Quelques secondes se sont écoulées avant qu'elle ajoute « *et fauchée* ».

« Depuis que mon mari est mort, tout a changé. Quand on vieillit, tout vous dérange. Quand j'étais jeune, je ne me préoccuperais pas. Maintenant, je m'inquiète de chaque petite chose. Je ne suis ni l'une ni l'autre, c'est pourquoi je suis si contrariée. Je ne sais pas pourquoi je vous dis cela, un étranger. Pourquoi vous raconte-je ma vie ? Peut-être devrais-je parler à un prêtre. Pensez-vous que cela aiderait ?» Je lui ai dit que je le pensais.

« Il est brillant, mon fils. Il a toujours 90 à ses examens. » Elle semblait sincèrement attristée par le problème de drogue de son fils. *« Il a reçu une bourse pour étudier la radiologie à l'école de médecine de Downstate. Que fait-il ? Il s'endort dans ses classes. Ce sont les médicaments... Je suppose que les stupéfiants ne vont pas bien avec la radiologie »*, a-t-elle ajouté en se résignant.

Elle était extrêmement inquiète que personne ne soit à l'aéroport JFK pour la rencontrer. Il y avait eu tellement de retards que nous devions maintenant atterrir à 3 h 30.

« Vous devriez voir les ordures que ma belle-fille a emballées dans mon étui pour sa mère. Comment vais-je soulever cette valise ? Je n'aurais pas dû accepter tout cela. » dit-elle.

03H40

Nous sommes arrivés à l'aéroport JFK. Lorsque nous sommes arrivés à la zone de retrait des bagages, elle n'a pas pu trouver un de ses sacs. Elle était complètement défaite. Ne trouvant qu'un seul bordereau de réclamation attaché à sa veste, j'ai demandé si elle était certaine d'avoir enregistré deux sacs. Elle m'assura qu'elle avait bien vérifié deux sacs et se mit à gémir comme un enfant sans défense.

« *Oh, qu'est-ce que je vais faire ? Oh, oh, qu'est-ce que je vais faire ?* » Il y avait un peu de frémissement dans sa voix, comme si elle allait pleurer. « Ne vous inquiétez pas », dis-je, en scannant la bande transporteuse pour voir si elle avait perdu son sac. « Je suis sûr qu'il va bientôt sortir. »

Mais même quand j'ai essayé de la rassurer, je me suis demandé si elle avait bien fait enregistrer deux sacs. Elle me regardait avec ses grands yeux bleus, crochetés d'un eyeliner noir qui était si flou à 3h50 du matin qu'il lui donnait l'apparence d'une drag-queen mal maquillée. Elle répétait sans cesse le même refrain douloureux. « *Oh, oh, qu'est-ce que je vais faire ? Toute ma vie est dans ce sac.* »

Au bord des larmes, elle me regarda avec un regard suppliant. Sa vie entière était dans une valise qui était probablement perdue ! Pas étonnant qu'elle soit si bouleversée. Une vieille veuve sans amis qui est sur le point de se confronter à la tâche ardue de reconstruire sa vie. L'idée de devoir remplacer tous ses papiers et cartes de crédit importants devait sembler, à ce moment-là, écrasante et impossible. Mais pourquoi ne gardait-elle pas ces objets de valeur sur elle ? Elle n'avait plus l'air excentrique, juste misérable. Mon cœur lui était ouvert. Ses yeux bleus nageaient dans le liquide limpide de ses larmes. Elle semblait aussi vulnérable qu'un nouveau-né.

« Vous devez faire quelque chose pour ma situation difficile », a-t-elle sup-
plié. Je voulais aider mais je ne savais pas quoi faire. Après tout, je
suis juste un étranger qui se trouvait assis à côté d'elle pendant un
vol sur les deux côtes. Mais je n'étais plus un étranger. Elle a sans
doute cessé de me considérer comme tel dès que j'ai commencé à
m'intéresser à son histoire. Ce moment précis a marqué mon initia-
tion dans sa petite fraternité d'amis. Ses *amis* l'ont probablement
abandonnée parce qu'ils n'étaient pas disposés à écouter sa saga
sans fin de solitude et de dépression. J'ai été ému par sa tristesse et
son état de panique grandissant. Elle a continué à exiger que je
fasse quelque chose.

« Qu'avez-vous dans la valise ? » me suis-je demandé. Peut-être, me
suis-je dit, pourrais-je soulager un peu son anxiété en lui assurant
que les documents dans son sac peuvent être facilement remplacés.
Elle devrait certainement appeler les sociétés émettrices de sa carte
de crédit pour les informer de sa perte.

« Oh, oh, qu'est-ce que je vais faire ? Toute ma vie est dans ce sac. » Je dois
lui demander de me donner les noms des sociétés émettrices de sa
carte de crédit afin que nous puissions les informer immédiatement. « Qu'y a-t-il dans la valise ? » J'ai demandé de nouveau.

« Mes pilules et mon maquillage », a-t-elle répondu.

CHAPITRE 8

Sauce piquante des Antilles

E nregistrement de la compagnie aérienne à l'aéroport de Saint-Kitts pour mon vol retour vers NYC. Mon bagage était 2 lb au-dessus de la limite autorisée. Mes options étaient (1) payer un frais de 100 $ US ou (2) transférer 2 livres. de mon bagage enregistré à mon bagage à main.

J'ai choisi l'option 2.

Pendant que je passais par la sécurité, l'agent a arrêté le tapis roulant, a enlevé mon bagage à main et a demandé à un collègue de le fouiller. L'agent a commencé à défaire ma valise, mais on l'a appelé pour qu'il inspecte la valise du voyageur suivant dans la file. Quand il a fini, il est retourné à mon sac. Avant qu'il ne puisse reprendre le fouillage de mon sac, on l'a appelé une fois de plus pour inspecter le bagage à main d'un autre voyageur derrière moi. Il n'est jamais revenu ; une femme agent est venue à sa place et a repris le fouillage de mon sac. Après quelques secondes, elle m'a demandé de lui donner une seconde, elle va revenir. J'ai répondu avec : « Désolé, je vous ai donné assez de secondes à vous et à votre collègue. Vous ne pourrez plus aider les voyageurs qui font la queue derrière moi. Vous finirez d'abord d'inspecter mon sac, puis vous pourrez aller ailleurs. »

Elle a commencé à protester, a mieux réfléchi et a creusé dans mon bagage à main, sondant à la recherche de l'article signalé par le scanner.

« Monsieur, je vais devoir confisquer ceci. Il contient plus de trois onces. »

Dans la main droite de l'agent qui portait un gant en plastique, se trouvait une bouteille de sauce piquante des Antilles que j'avais retirée plus tôt de mon bagage enregistré pour alléger son poids. Je me suis entendu dire : « Pas de problème, je comprends », des mots qui démentaient ma colère à la confiscation de ma précieuse sauce piquante. Après avoir fini de chercher, elle m'a fait signe d'aller de l'avant. J'ai fermé mon bagage à main et l'ai regardée avec horreur alors qu'elle jetait la belle bouteille de sauce piquante brun rougeâtre, concoctée par une femme inconnue de Saint Kitts pour le plaisir des amants de nourriture épicée, dans une poubelle étiquetée **Confisquée**.

Puis, inexplicablement, alors que l'agent se retournait pour aider le voyageur suivant, mon bras droit (ayant son propre esprit) m'a conduit à la poubelle, a poussé le couvercle pivotant vers le bas, a localisé la sauce piquante et l'a retiré de la poubelle. Quand mon bras s'est retiré de la poubelle, il a accidentellement fait tomber le couvercle qui est tombé au sol avec un bruit sourd. Aussi calmement que je le pouvais, mon cœur battant à toute vitesse, je l'ai ramassé, placé au sommet de la poubelle et suis allé dans la salle d'attente.

Je ne sais pas pourquoi l'agent féminin ne m'a pas arrêté. Debout à quelques pieds de là, elle devait avoir entendu le couvercle tomber. En m'asseyant dans la salle d'attente, je m'attendais à entendre à tout moment le système de sonorisation en disant :
« Le monsieur avec la sauce piquante des Antilles, veuillez-vous présenter au comptoir A ? » ou :
« Le monsieur qui récupère la sauce piquante dans les poubelles, s'il vous plaît, identifiez-vous », ou :
« Il a été signalé qu'une bouteille de sauce piquante des Antilles manquait dans la boîte de confiscation. Le vol 1444 ne partira pas avant que la sauce piquante ait été rendue. »

L'annonce anticipée concernant la sauce piquante que je me suis volée n'est jamais venue. J'ai poussé un soupir de soulagement seulement après que mon avion a eu été en vol.

Aéroport de Miami

Me sentant plutôt suffisant, ayant contrecarré la tentative de me séparer de ma sauce piquante des Caraïbes, je suis allé à la réception des bagages pour récupérer mes bagages enregistrés. J'ai été très titillée (et vraiment surprise) par mon acte de bravoure sans précédent. Je chantais encore mes louanges, j'ai passé la douane et remis mon bagage enregistré à American Airlines. Quelques minutes plus tard, je sifflais vers la ligne de sécurité.

Puis, comme une crise d'angoisse soudaine, j'ai été frappé par un sentiment de désespoir dégoûtant. Ma précieuse sauce piquante des Antilles était encore dans mon bagage à main. Dans mon désarroi devant son sauvetage triomphant à l'aéroport de Saint-Kitts, j'avais oublié de le transférer à mes bagages enregistrés.

Le saint patron de la sauce piquante des Antilles sera-t-il encore une fois confisqué ? Il a fallu vingt secondes à l'agent de sécurité pour localiser la sauce piquante explosive. Un record mondial, je dirais, pour le nombre de fois où la même bouteille de sauce piquante a été confisquée par deux agents différents, dans deux fuseaux horaires différents, dans deux pays différents.

Elle ne l'a pas jeté avec imprudence dans les ordures. Elle le tenait avec amour, admirativement dans les deux mains en signe d'empathie pour ma perte - comme si elle comprenait ma douleur, comme si elle voulait me rassurer que ma sauce piquante des Antilles allait dans un meilleur endroit. Cependant, je ne pouvais pas m'empêcher de penser que dès que je serai hors de vue, ma sauce piquante des Antilles sera au fond d'une poubelle. *« Il sera gardé dans cette pièce sécurisée là-bas »*, dit-elle avec un sourire.

CHAPITRE 9

L'homme

C'était une belle journée d'été en juillet sur le lac Chautauqua, à quelques kilomètres de la maison de ma sœur dans le nord-ouest de New York. J'ai essayé de manœuvrer le petit voilier pour que la voile attrape la douce brise qui souffle sur le lac. Ce n'était pas le meilleur jour pour naviguer. Jackie, ma nièce de quinze ans, s'est assise à côté de moi dans une anticipation enthousiaste. C'était sa première expérience de voile, et je voulais que ce soit aussi excitant pour elle que pour moi la première fois que ma femme m'emmenait en voyage à la voile sur un lac dans les Montagnes Blanches du New Hampshire. Une simple trace de la piste était visible lorsque le poisson-soleil s'est frayé un chemin à travers la surface brillante. C'était la première fois que Jackie était sur un voilier de poisson-soleil et en regardant son visage je pouvais dire qu'elle était prête pour une aventure.

Jackie a hurlé de joie quand le vent s'est soudain levé. Je me suis rapidement viré de bord et j'ai ajusté la voile. Avec la voile enceinte du vent tant attendu, le *Sunfish* (un petit bateau pour une ou deux personnes) s'est mis à bifurquer et bientôt nous étions partis.

En regardant au loin, je pouvais voir Mère debout sur le quai. Elle semblait désorientée alors qu'elle regardait autour d'elle à la manière de quelqu'un qui était perdu. Louisa, ma nièce de neuf ans, et Jr., mon neveu de dix-sept ans, semblaient essayer de la consoler. Inquiets que Mère puisse devenir trop agitée, nous avons viré et nous sommes dirigés vers le dock. Quand nous avons arrivé au quai, Louisa a expliqué que Mère demandait où se trouve l'homme.

Il y avait environ un an et demi que Mère, alors âgée de 73 ans, a été diagnostiquée comme ayant la maladie d'Alzheimer. J'essayais encore de comprendre que cette maladie débilitante l'avait affligée. Elle touche environ six millions de personnes aux États-Unis et, jusqu'à présent, aucun remède n'a été trouvé. Certains des symptômes comprennent une grave perte de mémoire, la paranoïa, une dépression sévère et des états d'agitation soudains. La perte des capacités intellectuelles d'un patient atteint de la maladie d'Alzheimer est telle qu'elle perturbe gravement les fonctions sociales et professionnelles normales.

Être désigné par Mère comme *l'homme* évoquait des sentiments doux-amers d'aliénation et de tendresse. D'une part, cela signifiait qu'elle ne savait pas qui j'étais. Plus tôt dans l'année, mon frère m'a appelé et m'a dit que Mère ne se souvenait pas qu'elle avait deux fils. Je ne pouvais pas imaginer que cela puisse arriver. C'était la première fois que je me sentais submergé par un véritable sentiment de perte. Je me souviens avoir pensé à l'époque : « Est-il possible que ma mère ait soudainement oublié qu'elle a donné naissance à deux fils ? »

D'autre part, cela me rappelait une époque trente ans plus tôt. Mes parents ont été séparés et, comme le fils aîné, Mère m'a consacré l'homme de la maison. Ce fut un rite de passage pour moi et une époque où j'ai beaucoup appris de Mère. Les images et impressions les plus puissantes qui me restent aujourd'hui sont celles d'une femme fière et stoïque qui nous a nourris de la seule façon qu'elle savait faire : avec une détermination acharnée, une dignité sereine et un sens aigu de l'indépendance.

Cet été, c'était la première fois que j'avais l'occasion de prendre soin d'elle depuis le début de la maladie d'Alzheimer. Les semaines passées avec ma mère m'ont donné des renseignements inestimables qui m'ont permis de comprendre, en quelque sorte, les effets physiques et émotionnels de la maladie d'Alzheimer sur elle et notre famille. Avant maintenant, je n'avais pas conscience de l'impact de la maladie. J'ai été frappé d'une prise de conscience que je ne serais plus jamais capable de tenir une conversation normale avec Mère. Les autres membres de la famille ont eu des incidents effrayants. Il y a eu le moment où elle est sortie de la voiture de mon frère, a traversé la rue dans la circulation et s'est approchée d'un policier voisin pour l'informer qu'elle était enlevée. À d'autres occasions, elle faisait sa valise et annonçait avec détermination qu'elle rentrait chez elle.

Bien que j'aie compris les preuves médicales qui suggèrent qu'il y a des facteurs organiques étiologiquement liés aux changements dans son cerveau, au début, j'ai quand même essayé de donner un sens à ses déclarations en essayant de raisonner avec elle. Il s'agissait habituellement d'un exercice de futilité. Elle oublie souvent des mots ou les utilise de façon incorrecte. J'ai rapidement appris la technique de changer brusquement de sujet ou de distraire avant qu'elle ne soit trop frustrée de ne pas pouvoir se faire comprendre. J'ai continuellement essayé de trouver des moyens pour lui faire sentir qu'elle n'était pas incohérente. Ce faisant, je pense avoir réussi à atténuer sa tension, sa frustration, son embarras et sa colère.

Il y avait des moments merveilleux où son grand sens de l'humour a surgi, mais surtout joyeux étaient ces rares moments fugaces quand j'étais certain qu'elle me reconnaissait. À ce jour, la seule preuve visible d'identification positive se produit lorsque Mère pose des questions sur Sophie, ma fille de onze ans. Sophie représente maintenant (et représentera toujours) une connexion spirituelle entre Mère et moi.

Mère est la personne la plus sage que j'ai jamais connue. C'était toujours une source d'émerveillement pour moi qu'elle puisse être si sage. Même à l'étape de ma vie où je savais tout (en tant qu'adolescent), il y avait quelque chose dans la façon (elle était imprégnée d'une éloquence tranquille) dans laquelle elle diffusait sa sagesse qui me faisait toujours réfléchir. Inexplicablement, par une prédisposition intuitive, j'ai toujours su qu'elle avait raison. Je ne lui ai jamais dit (ni à personne d'autre) combien j'avais secrètement confiance en son jugement, même si j'aurais pu agir autrement. J'aimerais maintenant avoir le courage ou la maturité (ou tout ce qu'il fallait) pour lui dire combien j'appréciais sa sagesse, ses connaissances et son jugement avant l'apparition de la maladie d'Alzheimer. Mais là encore, elle le savait peut-être déjà. Il y avait très peu qui lui échappait. Je ne m'en rendais pas compte à l'époque, mais maintenant je sais que j'ai appris la plupart des leçons importantes de la vie de Mère. Tout ce que j'ai appris d'elle (des valeurs sociales aux grâces sociales) m'a bien servi dans mon voyage de toute une vie à la recherche de l'épanouissement personnel. Pour cela je suis éternellement reconnaissant.

Il est étrange de parler de Mère au passé. Bien qu'elle soit toujours physiquement avec nous, la progression de la maladie est telle qu'elle n'est plus qu'une ombre fragile d'elle-même. Pour faire face à cette perte, je trouve beaucoup plus thérapeutique de penser aux innombrables aspects positifs de sa vie. Je soupçonne que Mère ne voudrait pas qu'on pense à elle dans son état actuel de perte de mémoire, mais plutôt, dans son état précédent, avant que sa perte de mémoire à court terme ait radicalement changé sa personnalité.

J'ai récemment découvert une photo de Mère, prise quand elle avait la vingtaine. Je lui ai montré et lui ai demandé si elle savait qui c'était. Sa réponse était aussi révélatrice que rassurante. Elle a répondu promptement qu'il s'agissait d'une femme du nom de Sarah (le nom de Mère). Se référer à son moi pré-Alzheimer en la troisième personne comme elle l'a fait, semble être l'un des mécanismes que Mère utilise maintenant pour faire face à cette perte de contrôle dévastatrice. Toujours modeste, digne et indépendante, elle doit désormais compter sur les autres (des étrangers pour elle) pour l'aider dans ses tâches les plus simples. Il est en effet réconfortant de savoir qu'elle trouve des moyens de faire face aux effets de la maladie. Ce type de débrouillardise a toujours caractérisé la volonté de Mère de surmonter toutes les adversités.

Chaque jour, alors que j'essayais de guider, d'inspirer et de motiver mes élèves (des élèves de douze et treize ans qui luttent quotidiennement pour battre peut-être des obstacles encore plus grands), je ne peux qu'espérer que, d'une manière modeste, je leur ai transmis un peu de l'héritage de la dotation de ma mère.

CHAPITRE 10

Nouvelle année scolaire

L'expression « *épuisement professionnel* » est fréquemment utilisée les dans le lexique des éducateurs des écoles secondaire urbaines. Les enseignants, lorsqu'ils décrivent la trajectoire de leur vie professionnelle, se réfèrent souvent à l'ère de l'idéalisme, cette période de leur vie professionnelle où les récompenses psychiques abondent, quand ils déclarent que « *je vais faire une différence dans le monde en transformant la vie des enfants* ». Si vous avez de la chance, ou plutôt, si vous entrez dans la profession avec une pureté de cœur, un esprit totalement dépourvu de motifs égoïstes, une conviction profonde que chaque enfant peut apprendre, une volonté d'être réfléchi sur votre travail, vous pourriez avoir la chance de garder à l'écart les sentiments paralysants de désarroi et de frustration de ne plus pouvoir « *atteindre* » les élèves. Une des clés pour survivre aux défis quotidiens difficiles et au stress d'enseigner, de motiver, de guider, de soutenir les adolescents du centre-ville, c'est-à-dire de maintenir sa santé mentale et son sens du but, est de savoir prendre soin de soi.

Et donc, me voilà, prenant soin de moi-même, rechargeant ma batterie émotionnelle et spirituelle en quelque sorte, profitant des derniers jours de mon séjour annuel d'août sur le *Vignoble de Martha*, lorsque le parcours de mes 23 années passées au ministère de l'Éducation de New York a pris une tournure étonnamment bizarre. Bizarre, même par les normes du ministère de l'éducation de la ville de New York.

Il ne restait que quelques jours avant le début de la nouvelle année scolaire, et mes cauchemars récurrents de fin d'été causaient déjà une augmentation notable de l'anxiété. Habituellement, à la fin de chaque été je commence à m'attendre, comme l'arrivée non souhaitée mais inévitable d'un froid d'automne, à l'assaut de ces cauchemars. Pas le genre de sang terrifié et de cauchemars où la mort, ma mort, est imminente - le genre où le monstre est à la poursuite implacable avec le but déterminé de me faire des choses terribles - me faisant son goûter avant le déjeuner, par exemple - et il gagne rapidement, malgré son rythme lent comme une tortue et ma vitesse plus rapide qu'une balle. Non, pas ce carnage mortel, sanglant et déchirant d'un cauchemar, mais néanmoins mortel, d'une manière plus douce et plus gentille. Mortel dans la manière sans sang et sans humour d'un comique de standup meurt sur scène.

Après réflexion, il n'est pas tout à fait exact de qualifier ces rêves de « *cauchemars récurrents* ». Ce ne sont pas les mêmes rêves de fin août qui me hantent chaque année. Il s'agit plutôt d'un ensemble de rêves, dont le contenu varie d'une année à l'autre mais qui semblent tous être liés par un fil commun. Une variation sur un thème, si vous voulez. <u>Le thème</u> : C'est le premier jour de cours, je suis super-matière-préparé, mes charges sont assises patiemment, avec les yeux écartés, dotés de promesse et excité par les possibilités éternelles d'une nouvelle année scolaire. Ils attendent d'être inspirés, motivés et stimulés. Je suis à mon meilleur niveau d'articulation quand j'adresse mes charges, mais les cordes vocales dans mon larynx et l'autre appareil physiologique responsable de produire des sons refusent de fonctionner. Je parle mais mes paroles ne peuvent pas être entendues et je commence à mourir d'une mort lente. Quelle ironie, dans ce cas-ci, le fait que les mots, ou l'absence de mots, la capacité de communiquer efficacement avec les élèves (les approvisionnements d'un enseignant) deviennent maintenant les instruments de ma mort ?

Alors me voilà, me préparant psychologiquement pour le début de la nouvelle année scolaire. Au milieu du mois d'août, j'ai vérifié mon courriel et j'ai vu qu'il y avait un message de mon directeur. Il m'a informé qu'un de nos professeurs d'anglais, M. James, avait quitté l'école pour aller enseigner ailleurs. Essayer de remplacer les membres du corps professoral en août est le fléau de l'existence de chaque administrateur d'école. Il est presque impossible de donner le ton juste en commençant l'année scolaire avec des postes vacants. Vous connaissez le ton. Celui qui envoie un message sans équivoque aux élèves et aux parents en leur disant que nous sommes sérieux au sujet de l'éducation de nos charges.

Ce message perd de son sérieux, ce ton est dangereusement com-
promis, si le premier jour d'école les élèves sont accueillis avec
chaos. C'est très difficile d'être immédiatement opérationnel, d'as-
surer un semblant de préparation et d'ordre avec moins qu'une
équipe complète de professeurs et de personnel. Je dois appeler le
directeur pour discuter de la stratégie de remplacement de M.
James. Sans réception sur mon portable depuis cette partie éloignée de l'île, je saute sur mon vélo et me dirige vers réceptivité.

Le téléphone sonne, le directeur de l'école répond. Nous
discutons brièvement du départ de M. James et d'une stratégie
pour le remplacer. Elle voulait savoir si j'avais entendu la nouvelle.
Quelle nouvelle ? demandai-je. Poliment, elle refusa de le dire, sans
dire qu'elle ne le ferait pas. Finalement, elle m'a demandé de trouver un ordinateur et de chercher son nom sur Google, une sugges-
tion pleine d'un ton mieux-si-tu-découvre-la-surprise-pour-toi. Je
suis toujours ouvert aux surprises agréables. Ce serait beaucoup
plus intéressant, sans parler gratifiant, si j'étais « accidentellement
tombé sur cette surprise ».

En tant qu'éducateur, c'est très gratifiant de voir vos élèves
utiliser leur imagination et leur capacité à raisonner, puis de vivre la
magie de la découverte lorsqu'ils tombent sur l'interrupteur qui al-
lume leurs ampoules individuelles. Et n'est-il pas beaucoup plus
agréable, en tant qu'enfant, de découvrir un dollar sous son oreiller
plutôt que d'entendre sa mère dire ici un dollar ? Peut-être que la

directrice avait gagné un prix. Peut-être qu'elle était reconnue d'une manière spéciale.

J'ai monté mon vélo et je suis retourné à la maison, en réfléchissant pendant que je pédalais quelles nouvelles excitantes m'attendent à la maison à la fin de ma recherche sur Google. Je n'ai pas été surpris par sa réticence à divulguer la nature de cette nouvelle. Jusqu'à présent, nous avions travaillé ensemble pendant un an seulement comme administrateurs (elle en tant que directrice et moi en tant que directrice adjointe) de cette école secondaire alternative relativement petite de 200 élèves. Il était clair dès le début que je n'étais pas embauché comme partenaire administratif collaboratif, mais comme directeur adjoint qui s'occupera rapidement des détails administratifs interminables habituels.

J'ai tapé son nom dans la boîte de recherche Google, appuyé sur Entrée et attendu. Une liste des résultats de recherche est apparue à l'écran. Comme la pleine signification des mots enregistrés dans ma conscience, je pouvais sentir mon rythme cardiaque augmenter rapidement. Résultats de recherche :

* *Directrice de SoHo a été congédié pour avoir pratiqué le vaudou.*

* *Directeur à virer pour le rituel scolaire.*

* *Cours d'exorcisme.*

* *Directrice fait venir une prêtresse de la Santeria pour chasser les mauvais esprits.*

* *Directrice du centre-ville a été renvoyée après une*

cérémonie de la Santeria.

• *Directrice de l'école a été interdit pour lancer des sorts.*

Je ne me souviens pas combien de fois j'ai relu ces titres. Ce serait un euphémisme de dire que l'impact immédiat de ce que j'ai lu m'a totalement ébranlé. Mille et une pensées tourbillonnantes, tournoyant dans ma tête comme des voitures de choc à grande vitesse avec une telle vitesse que ma tête a tourné.

Lorsque l'article « Voodoo Principal » a frappé les nouveaux médias à l'été 2007, je venais de terminer ma vingt-troisième année au ministère de l'Éducation de la ville de New York et ma première année à *Terrace High School.* Un professeur de mathématiques d'une autre école secondaire de Manhattan a été installé comme nouveau directeur. Je suis resté pour le soutenir pendant trois ans avant de partir au coucher du soleil.

ABOUT THE AUTHOR

Titulaire d'un baccalauréat en français du St. Francis College de Brooklyn et de deux diplômes d'études supérieures en éducation du Teachers College de l'Université Columbia, Ira Sumner Simmonds a travaillé comme gestionnaire de maison à Alice Tully Hall, au Lincoln Center for the Performing Arts, Inc., et a passé 26 ans comme enseignant et administrateur dans les écoles publiques de New York. Il travaille actuellement comme consultant en éducation.

* 9 7 8 1 9 6 8 1 6 5 0 1 7 *